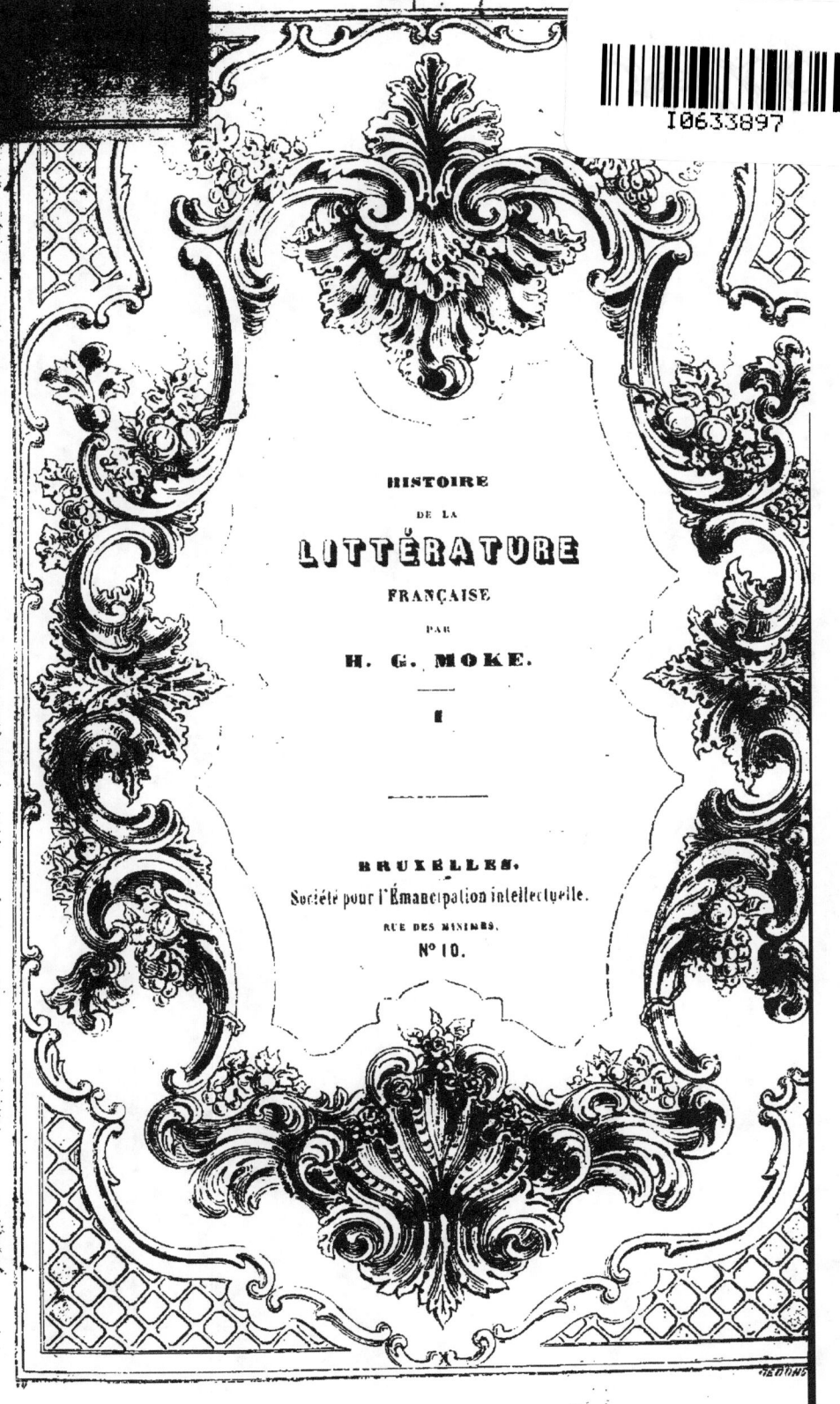

HISTOIRE

DE LA

LITTÉRATURE

FRANÇAISE

PAR

H. G. MOKE.

I

BRUXELLES.

Société pour l'Émancipation intellectuelle.

RUE DES MINIMES,

Nº 10.

HISTOIRE

DE LA

LITTÉRATURE FRANÇAISE.

Jongleurs. — XIIe siècle.

HISTOIRE DE LA LITTÉRATURE FRANÇAISE

BIBLIOTHEQUE NATIONALE

HISTOIRE
DE LA
LITTÉRATURE FRANÇAISE

Tome I.

BRUXELLES,
A. JAMAR
éditeur.

1854

PRÉFACE.

Il y a peut-être quelque témérité à un Belge d'oser écrire l'histoire de la littérature française; mais de ma part cette témérité n'est pas tout à fait sans excuse. Le travail que je publie aujourd'hui est le résultat d'un enseignement de douze années à l'université de Gand. Dans mes efforts pour ne pas rester au-dessous du cours dont j'étais et dont je suis encore chargé, l'expérience m'a convaincu qu'en essayant de ramener l'histoire littéraire à ses éléments les plus simples, on l'avait trop souvent réduite à une sorte de nomenclature également insuffisante pour éclairer l'esprit et pour y laisser des traces. Il m'a paru que pour satisfaire l'intelli-

1.

gence et prendre une signification sérieuse, elle devait
être considérée sous un aspect plus large. J'ai donc
essayé d'en tracer le tableau dans un cadre qui, sans
offrir une étendue démesurée, permît de mettre en
rapport les œuvres de chaque époque, de reconnaître
leur tendance et leur portée, et d'indiquer la pensée
des écrivains illustres en même temps que la forme
de leurs ouvrages. Mon dessein n'était pas de le pu-
blier; mais il est malaisé à l'auteur le plus modeste
de laisser toujours inaperçus les travaux qu'il a pour-
suivis avec une longue application. L'enseignement
offre parmi nous ce désavantage que les efforts de l'esprit n'y ont guère de retentissement, et qu'après s'être
dévoué à sa tâche on n'y recueille pas même la certi-
tude de l'avoir bien ou mal remplie. Il ne reste donc
qu'à solliciter le jugement du public.

HISTOIRE

DE LA

LITTÉRATURE FRANÇAISE.

INTRODUCTION.

Importance de la littérature. — Son caractère différent dans chaque pays. — Objet de l'histoire littéraire. — Insuffisance de la critique sans l'histoire. — Application de la méthode historique à l'étude de la littérature française. — Degré d'attention dû à chaque classe d'auteurs et à chaque genre d'ouvrages.

L'intérêt des études littéraires semble augmenter à mesure qu'elles sont mieux comprises. Si elles se présentent aux yeux de l'ignorance comme un simple objet de curiosité ou d'agrément, elles ont pour l'esprit éclairé un caractère sérieux. C'est en effet dans la littérature de chaque peuple que se réfléchissent ses sentiments et sa pensée; elle en offre l'expression la plus vive, la plus forte, la plus intelligente, et transmet d'âge en âge les inspirations du génie et le langage de la raison. Tandis que chacune des sciences a son objet à part, elle seule embrasse le côté général de toutes et le domaine commun de l'humanité. Elle n'a donc pas moins d'importance que d'attrait, et se lie d'une manière intime à ce développement de l'homme qui est le but de la civilisation.

La forme différente qu'elle prend dans chaque pays, ou même à chaque époque, serait en quelque sorte l'effet du hasard, si elle ne résultait que du caractère particulier des écrivains : mais l'examen fait voir qu'elle dépend aussi de causes moins fortuites, comme la nature de la langue, l'esprit de l'époque, le mouvement général des idées. Quel que soit le cachet personnel que l'auteur donne à ses ouvrages, ils portent aussi l'empreinte de la sphère où il a vécu. La littérature de chaque nation forme donc un ensemble qui ne manque pas d'unité, malgré les traces diverses qu'y a imprimées le génie individuel.

C'est ce rapport naturel des œuvres de l'esprit au sein d'une même société qui donne une signification à l'histoire littéraire. Elle ne recueille point des productions fortuites qui se suivent dans un ordre tout accidentel, mais des créations successives et coordonnées. Elle nous fait assister à travers le cours des siècles au développement intellectuel et moral qui, d'un idiome pauvre, obscur, barbare, fait une langue polie et complète, d'un petit nombre de notions vagues le vaste cercle des idées d'un peuple, des chants confus de son enfance la parole grave et ferme de son âge mûr.

Cependant peu de littératures possèdent jusqu'ici

une histoire raisonnée. On ne les étudie d'abord qu'au point de vue de la critique, pour saisir les règles de l'art, pour discerner la manière propre de chaque écrivain, pour fixer le goût et pour classer les ouvrages. En France même, où ce genre d'études a peut-être été plus sérieux que partout ailleurs, ce n'est guère que de nos jours qu'on a songé à y donner une forme historique : car Boileau et la Harpe ne s'attachaient encore qu'à mettre l'art seul en lumière. C'est surtout M. Villemain qui a imprimé aux travaux récents une direction plus philosophique, en ne s'arrêtant plus à la forme de chaque œuvre, mais en pénétrant jusqu'au sentiment qui l'inspire ou jusqu'à la pensée qui la dicte. Ainsi considéré, le mouvement littéraire de chaque époque a pris son véritable sens et s'est trouvé rattaché à la marche générale de l'intelligence et de la pensée publique.

On ne peut douter que telle soit la méthode à suivre dans l'étude de la littérature : car la critique elle-même n'a rien d'assuré quand elle ne s'appuie pas sur cette analyse exacte qui distingue dans toute œuvre ses divers éléments. Comment discerner ce qui appartient à chaque auteur dans ses propres écrits, sans connaître ce qui s'était fait jusque-là? Comment le comprendre en l'isolant du cours d'idées qui l'entraîne? Comment apprécier les variations de l'art d'âge en âge et de pays en pays, si les formes diverses adoptées par le génie humain ne viennent pas s'expliquer par l'ordre même de son développement?

En appliquant ces principes à l'histoire de la littérature française, nous trouvons pour point de départ la formation de la langue et de la poésie, à laquelle

il est assez facile de remonter depuis les travaux de
Raynouard, de Fauriel, et de plusieurs écrivains vivants. Les âges se succèdent ensuite, tantôt amenant
le progrès, tantôt laissant osciller la pensée, mais
offrant toujours une tendance appréciable et qui semble dominer les intelligences comme la société. Ainsi,
la période féodale a son développement littéraire au
treizième siècle sous le règne organisateur de Philippe-
Auguste et de saint Louis. Elle devient stérile depuis
cette époque jusqu'à la renaissance, qui marque l'avénement de nouvelles idées et d'un monde nouveau.
Après la confusion et l'effervescence de cet âge d'effort, le dix-septième siècle prolonge de Henri IV à
Louis XIV l'empire de l'unité dans la monarchie et de
l'ordre dans les idées. C'est la période de splendeur
de la littérature. L'époque suivante annonce par son
esprit de doute, d'inquiétude, de résistance aux idées
reçues, la révolution qui va renverser les institutions
et changer la forme de la société, à la suite d'une
longue paix politique, mais après des luttes ardentes
et opiniâtres de la pensée. C'est à peine si dans le
cours de tant de siècles il se trouve çà et là quelque
songeur solitaire dont l'esprit n'obéisse pas au mouvement contemporain ou ne se roidisse point pour y
résister : quant au progrès du langage, du savoir, de
l'art même, il a toujours un caractère général.

L'ordre que nous avons à suivre se trouvant ainsi
comme tracé de lui-même, il ne reste à reconnaître
que le degré d'attention dû à chaque classe d'auteurs
et à chaque genre d'ouvrages. Ici peut régner quelque incertitude : car si chaque indication a son utilité, l'extension du sujet et la multiplicité des détails

obscurcissent la vue. Peut-être vaut-il mieux en général resserrer les bornes d'une matière déjà si vaste et laisser dans l'oubli les noms obscurs et les travaux médiocres, que de s'exposer à la lassitude qui naît de la confusion. C'est le parti que nous avons préféré, sans vouloir déprécier l'exactitude minutieuse de ceux qui n'ont rien omis, mais en nous reportant à nos propres souvenirs, où nous trouvions effacés presque toutes les figures subalternes.

CHAPITRE PREMIER.

ORIGINE DES LANGUES ROMANES ET PREMIÈRES SOURCES DE LEUR LITTÉRATURE.

———

Langue parlée dans la Gaule avant la conquête franque. — Décomposition du latin. — Ses causes. — Comment il se transforme. — Caractère de l'idiome roman. — Son usage longtemps borné. — Sa littérature commence par des chants populaires. — Leur forme. — Hymnes religieux. — Chants de guerre. — Mélange de ces deux éléments. — Origine des légendes héroïques romanes. — Chansons de geste. — Leurs héros. — Caractère de galanterie propre aux compositions qui suivirent.

On sait que le nom de France a succédé à celui de Gaule que portait autrefois le pays situé entre le Rhin, l'Océan, les Pyrénées et les Alpes. Une ancienne civilisation, fondée principalement sur une religion mystérieuse (le druidisme), développée ensuite par le contact des Gaulois avec les marchands phéniciens et grecs, et par l'établissement d'une colonie phocéenne (Marseille) au bord de la Médi-

1. 2

terranée, avait préparé les vieilles races qui occupaient ces régions aux progrès de la vie sociale. Soumises par les armées romaines, un demi-siècle avant notre ère, elles perdirent peu à peu leur caractère national, et subirent l'action impérieuse des conquérants.

A l'époque où les Francs se rendirent maîtres de la Gaule, elle était demeurée soumise pendant cinq siècles à l'empire romain, et le latin y était devenu la langue régnante. Les vieux dialectes des peuples qui jadis avaient dominé dans ses diverses contrées, sous les noms d'Aquitains, de Celtes et de Belges, ne se conservaient plus que dans quelques provinces reculées, comme les cantons basques, la péninsule de Bretagne et le nord de la Belgique. Dans les régions centrales, le langage des Romains avait prévalu à mesure que leurs institutions, leurs croyances et leurs mœurs succédaient à celles des races vaincues. Toutefois cet idiome méridional n'avait pu se répandre ainsi dans le monde du Nord sans y éprouver quelques altérations, peut-être inévitables. S'il était parlé correctement dans les grandes villes où la civilisation avait fait des progrès rapides, en revanche il avait pris une forme rude et grossière dans les campagnes où les populations demeuraient plus incultes, et il y avait produit, en se corrompant, une sorte de patois qu'on appelait *lingua rustica,* langue des paysans [1].

[1] Elle nous est désignée comme un dialecte simple et pauvre. n'ayant plus rien de la majesté latine : cependant presque tous les mots en étaient latins, comme nous le voyons encore par les patois qui se sont conservés dans quelques provinces, et qui offrent très-peu d'éléments gaulois. C'était donc la forme de la

Après la conquête franque, ni Clovis, ni ses successeurs ne se proposèrent d'abolir la civilisation que les
Romains avaient introduite dans la Gaule, ni de pro-
scrire leur langage qui semblait la représenter. C'était
l'idiome de la religion, des lois, de l'administration
municipale encore toute-puissante à l'intérieur des
cités, et il aurait été impossible de lui substituer celui
des tribus conquérantes qui ne savaient guère que
combattre. Aussi les rois mérovingiens s'en servirent-
ils constamment dans leurs actes publics et dans leurs
rapports avec leurs sujets, avec l'Église, avec les
princes étrangers. Ils allèrent jusqu'à donner une
forme latine aux anciens codes des nations germaniques et aux décrets qui devaient les modifier ; mais la
langue dont ils adoptaient ainsi l'usage, et que leurs
guerriers s'efforçaient d'apprendre, n'en dépérit pas
moins autour d'eux, comme elle s'était naguère altérée
parmi les populations rurales, et comme elle se déna-
tura bientôt en Espagne et en Italie sous la domination des Goths et des Lombards. Chacune des provinces
romaines que la victoire avait livrées à de nouveaux
maîtres vit le latin s'éteindre pour faire place à d'autres dialectes, composés presque entièrement de ses
débris.

La cause première de cette rapide destruction d'un
si noble idiome paraît devoir être cherchée dans sa nature même. Le langage romain, plus flexible et plus
varié que ceux des peuples modernes, exigeait par
cela seul une attention plus soutenue de l'esprit et de

langue qui se trouvait pour ainsi dire mutilée par l'ignorance
et la mauvaise prononciation du peuple.

l'oreille, et quelquefois même la prononciation sonore
et accentuée des peuples méridionaux. En effet, chaque
mot y changeait de désinence à la moindre modifica-
tion grammaticale, et tous les termes d'une même
phrase se déplaçaient presque arbitrairement suivant
les mille nuances de la pensée ou les lois de l'harmonie. Il fallait donc à la fois une certaine délicatesse
d'organes et une grande rapidité d'intelligence pour
distinguer les variations de ces expressions mobiles et
saisir le corps de l'idée sous ses aspects toujours divers ; mais ni l'habitude, ni peut-être la nature,
n'avaient disposé les hommes pesants du Nord à manier facilement un idiome dont le mécanisme était si
raffiné.[1] Ils furent donc conduits à en simplifier les
rouages, soit par réflexion, soit instinctivement. Là
semble être tout le secret de la formation du dialecte
rustique et ensuite des langages modernes.

Comme les altérations que le latin avait déjà subies
dans le patois des campagnes, avant l'arrivée des
Francs, nous sont à peu près inconnues, nous ne sau-
rions déterminer jusqu'à quel point cette œuvre de décomposition était déjà avancée quand la race conquérante vint y prendre part à son tour. Mais, sans
s'arrêter aux conjectures que cette question fait naître,
on peut reconnaître assez facilement que l'esprit
général qui domine dans tous les changements ainsi
apportés à la langue romaine, par les Gaulois ou par

---

[1] Les peuples germaniques avaient d'abord parlé un idiome
élégant et sonore d'origine orientale : il devint rude et sourd
après leur arrivée dans le nord de l'Europe, comme si le climat
et leur manière de vivre ne leur permettaient pas même de conserver l'harmonie et la délicatesse de leur propre langage.

les vainqueurs, est au fond le même : car ils ne tendent
qu'à mettre l'usage de cette langue à la portée du barbare et à la rapprocher des habitudes de sa parole et
de sa pensée. Sous l'empire de cette tendance, la construction de la phrase devint fixe, de mobile qu'elle
était, et les mots furent rangés dans un ordre invaria-
ble, conçu premièrement d'après le modèle des idiomes
du Nord [1], mais qui se régla plus tard sur les lois naturelles du langage. Ainsi le développement de chaque
idée s'opéra sans incertitude et d'après une marche
réglée d'avance. Les formes grammaticales prirent de
même une nature moins souple, mais pour ainsi dire
palpable, les plus délicates et les plus complexes ayant
été abandonnées pour d'autres que leur rudesse même
faisait mieux distinguer [2]. Un certain nombre de locutions et de tournures qui ne tirent pas leur source du

[1] L'allemand se construit d'après des lois presque opposées à
celles du français, et ce sont les premières qui règnent encore
dans le plus ancien monument connu de la nouvelle langue (le
serment des fils de Louis le Débonnaire en 843). Ainsi le nom y
est précédé par l'adjectif (*commun salvament, christian poblo*),
le substantif principal par son complément (*Deo amur*), le verbe
par son régime (*son fradre salvar*), même quand ce régime est
un infinitif (*Deus podir me dunat*).

[2] On abandonna le datif et le génitif simple dont les caractères étaient variés, pour l'emploi des prépositions *de* et *ad* qui
marquaient plus pesamment, mais d'une manière uniforme,
un rapport analogue. On renonça à la composition élégante du
comparatif et du superlatif, pour rendre la même idée par des
adverbes de grandeur. On multiplia les mots auxiliaires, surtout
dans la conjugaison, et l'on y exprima par les pronoms les personnes du verbe. Ce n'était pas sortir absolument des formes
du latin, mais les forcer peu à peu et tendre à les fausser.

latin [1] paraissent empruntées aux langues indigènes
ou à l'ancien idiome germanique, dont les termes
mêmes semblent s'être fait jour çà et là dans le nouveau dialecte [2]; mais ces traits accidentels n'ôtent pas
à l'ensemble son grand caractère de simplicité.

Le *roman*, car tel fut le nom que lui donna bientôt
l'usage, avait donc pour qualité essentielle de présen-
ter la pensée sous une forme toujours sûre, seul besoin
qui frappe l'esprit des peuples dont rien n'adoucit encore l'existence. Dépourvu d'ornements, de grâce,
d'harmonie, tout ce qui séduit lui manquait; mais il
ne pouvait tromper, et devait peut-être devenir par là
l'instrument le plus utile dont se fût jamais armée
l'intelligence d'une société appelée à grandir. Les
renseignements nous manquent pour fixer l'époque
où son emploi devint universel. C'est au commencement du IXe siècle (en 843) que pour la première fois
nous le voyons signalé comme régnant dans les pro-

[1] On aperçoit en effet, à côté des altérations que nous venons
d'indiquer, certains idiotismes qui semblent propres aux langues
modernes. Les plus frappants sont la nouvelle forme du futur,
composée de l'infinitif et de l'auxiliaire avoir (*je dire ai, dicere
habeo*), celle de l'adverbe, dérivée de l'adjectif, joint au mot
mente, qui exprimait l'intention (*bonâ mente*, bonnement), et
celle de l'article, qui manquait en latin, et qui fut remplacé par
le déterminatif *ille*. On les retrouve dans tous les dialectes romans, sans qu'on puisse déterminer rigoureusement leur origine.

[2] Il y eut aussi des mots latins qui reçurent une acception
germanique. Ainsi, dans le serment de 843, *dreit* (de *directum*)
est pris pour *justice*, parce que *recht* a les deux sens en allemand;
causa devient une chose, parce que *thing* représentait également
les deux idées exprimées en latin par *causa* et par *res*. (Voyez
Histoire de la langue et de la littérature provençale, par M. DE
LAVELEYE, p. 45 et suiv.)

vinces centrales, et il fut alors décidé, dans un concile
tenu à Reims, que le clergé s'en servirait à l'avenir
pour l'instruction religieuse des populations. Trente
ans plus tard (en 842), les Francs de la Gaule répété-
rent dans cette langue le serment d'alliance de Louis
le Germanique et de Charles le Chauve [1]; mais le latin
restait encore le langage officiel de l'Église et du gouvernement, et la plus ancienne loi que nous trouvions
écrite dans le dialecte roman est la coutume de Normandie, qui date du xie siècle.

Renfermé ainsi pendant longtemps dans le domaine
étroit de la vie privée, ne servant d'organe qu'aux
pensées familières et aux besoins obscurs, le nouvel
idiome ne pouvait guère avoir d'autre littérature que
des chants populaires, et dès lors encore la poésie devait y prendre les formes les plus simples. Cependant
elle conserva en partie le rhythme latin dans les provinces du Midi, où le sens musical était assez prononcé
pour ne pas laisser périr toute accentuation régulière.
Au contraire, dans les contrées du centre et du nord,
la différence des syllabes longues et brèves, qui était
la base de la versification romaine, s'effaça entièrement, de sorte que toute cadence fut perdue. On se
contenta de marquer la fin du vers au moyen de la
rime, dont l'usage paraît avoir régné depuis les temps
primitifs chez les races indigènes. On la remarque,
en effet, dans presque tous les chants composés en
langage latin, germanique ou roman, après la chute de
l'Empire, chants dont le caractère est tantôt religieux,

---

[1] Voir l'*Appendice*, n° 1. Le serment de Louis le Germanique
offre le même dialecte, qui est celui de l'époque de transition.

tantôt guerrier, et qui représentent tour à tour le génie
gaulois et franc. C'est là qu'il faut chercher les sources
de la littérature romane.

Le christianisme, qui avait pénétré profondément
dans la Gaule antique, y parlait sous plus d'une forme
au cœur des peuples. Les hymnes sacrées dont l'Église
faisait usage, ses psaumes, ses cantiques avaient été
d'abord à la portée de la multitude, puisqu'ils étaient
écrits dans la langue latine, dont l'usage régnait encore. Ainsi ces chants pieux qui avaient été répétés
en chœur dans le temple restaient gravés dans le
souvenir des masses, qui en retenaient à la fois les
paroles et la mélodie. Quand le roman eut fait oublier le latin, on traduisit dans ce nouveau dialecte
une partie des choses que la foule avait cessé de comprendre, et surtout la vie des principaux saints que
les clercs répétaient souvent au peuple en langue
vulgaire, après que les diacres l'avaient récitée en
latin. Or ces traductions, destinées à être aussi rete-
nues, semblent avoir toujours pris un caractère
poétique, comme nous le voyons par de nombreux
exemples, dans le nord et dans le midi de la France.
L'*Histoire du martyre de saint Étienne*, empruntée aux *Actes des apôtres*, et qui pour ce motif jouissait d'une plus grande autorité, continua longtemps
à se lire dans l'église, ainsi que le prouvent encore
plusieurs textes rimés [1]. D'autres petits poëmes
reproduisaient des hymnes latins, comme un cantique

---

[1] Il y en a plusieurs en roman du Nord (*Hist. littér. de la
France*, XIII, 408), et un en provençal. Le style paraît en général appartenir au douzième siècle; mais on sait que les morceaux de ce genre se modifiaient avec la langue.

sur sainte Eulalie, retrouvé assez récemment dans la
Flandre française, et qui date d'une époque où le roman était à peine complétement formé [1]. On ne peut
douter que les *noëls*, ces cantiques pieux destinés à
célébrer la naissance du Christ, ne remontent aussi
aux origines mêmes du culte et de la langue, et nous
verrons plus loin que le récit des miracles prenait
quelquefois dans l'intérieur du temple un caractère
dramatique. La pensée religieuse était donc sans cesse
entretenue au sein de ces vieilles populations par
l'humble poésie qui répondait au cercle de leur pensée et au besoin de leur âme. Que cette poésie offrît
des formes plus ou moins parfaites, ce n'était pour
elles qu'un point accessoire : ni l'état de leur idiome,
ni celui de leur civilisation ne permettaient à cet égard
la délicatesse et les raffinements ; mais du moins la vie
de l'intelligence, la communauté des sentiments, l'élan
du cœur n'étaient pas éteints.

Quant à l'élément guerrier, qui domine toujours
dans les premiers chants des jeunes nations, c'était la
race conquérante qui l'avait introduit dans la poésie
romane. En effet, aucun souvenir gaulois ou romain
ne semble revivre dans les récits héroïques qu'elle
avait conservés : phénomène d'autant plus étrange
que la Gaule primitive avait eu ses bardes fameux,
surtout par leurs hymnes militaires. Mais deux fois
soumise par des vainqueurs étrangers, cette nation
naguère si belliqueuse semblait avoir perdu son orgueil et le sentiment de sa force avec son indépen-

---

[1] La forme des mots s'y rapproche encore souvent du latin :
averet, habebat ; *perdesse*, perdidisset ; *virginited*, virginitas, etc.

dance. Au contraire les petits-fils des conquérants, à
quelque peuple qu'ils appartinssent, Francs, Bourguignons ou Wisigoths [1], avaient tous des traditions
guerrières et des chants qui les consacraient. Ils
conservèrent, longtemps encore après l'établissement
de la monarchie, l'usage antique de célébrer les exploits de leurs chefs par des poëmes militaires qui
leur avaient jadis servi d'histoire. C'étaient d'abord
des récits assez fidèles, quoique empreints d'orgueil
et d'enthousiasme; mais, à la longue, l'imagination
et l'ignorance défiguraient l'événement que le poëte
avait célébré. Ainsi les chansons allemandes et latines relatives à des faits contemporains, offrent des
peintures exactes; mais celles qui remontent à d'anciens souvenirs nationaux, ne sont plus que des fictions épiques [2].

Mais le grandiose et le merveilleux de ces derniers
poëmes ne suffirent pas pour les populariser hors du
monde allemand, et nous ne les voyons point reproduits en langue romane. Il en est de même des chan-

---

[1] On sait que Charlemagne voulut recueillir les chansons de
guerre des Francs, qui subsistaient encore : les Bourguignons
des Gaules ont fourni à l'Allemagne poétique la plupart des héros
des *Nibelungen ;* les Goths d'Aquitaine et d'Italie se trouvent
aussi représentés dans les compositions épiques du moyen âge,
les premiers par un poëme latin sur Walter d'Aquitaine, les se-
conds par la légende longtemps fameuse de Théodoric et de son
vieux compagnon Hildibraht (voir ci-dessous).

[2] On possède un récit, malheureusement incomplet, du combat de Hildibraht contre son propre fils, qui paraît écrit au sep-
tième siècle. J'ai essayé d'en donner la traduction littérale dans
l'Appendice de ce chapitre (n° 2), pour faire connaître la forme
et le caractère des chants des Germains.

sons relatives aux rois mérovingiens dont le souvenir
ne se rattachait qu'à celui de la conquête. Les seuls
noms qui retentirent dans les contrées gauloises, furent ceux des chefs de la seconde dynastie. Charles-
Martel, Pepin le Bref et surtout Charlemagne avaient
soutenu de glorieuses luttes contre les ennemis du
nom chrétien ; le pays tout entier, s'associant par la
pensée à leurs triomphes, en conserva la mémoire
avec amour. Déjà commençaient à se rapprocher les
idées et les chants des deux races : le Franc marchait
contre les Sarrasins du Midi et les païens du Nord, en
répétant pour cri d'armes : *Alleluia* ou *Kyrie Elei-
son*. Les populations indigènes redirent ces hymnes
de victoire. Alors seulement la France latine et romane paraît avoir eu ses légendes héroïques dont
Charlemagne se trouva la figure principale. La plupart se rapportaient à ses expéditions contre les Mores, entreprises dont le succès avait été médiocre,
mais auxquelles l'imagination du peuple prêtait un
caractère triomphal. Ce fut ainsi que le comte Roland
et ses compagnons, tués par les Basques au passage
des Pyrénées, devinrent les héros favoris des générations suivantes. Les poëmes qui célébraient leurs
exploits reçurent le nom de *chansons de geste :* car le
récit rimé se chantait, et le mot *geste* désignait une
action historique.

Aux victoires du grand empereur et à la mort glorieuse de ses palatins (ou officiers du palais) tombés
sous le cimeterre des infidèles, se joignirent quelques
autres sujets de la même époque. En adoptant pour
ainsi dire le héros d'origine franque, l'enthousiasme
populaire les acceptait sous toutes leurs formes, et

au-dessous des anciens rois nous voyons apparaître dans les poëmes romans les comtes et les ducs des diverses provinces, dès que le souvenir de leurs exploits ou de leurs infortunes s'est conservé jusqu'aux générations suivantes. La chanson nous les montre engagés dans des entreprises périlleuses, poursuivant des ennemis héréditaires, ou persécutés par des favoris puissants, quelquefois aussi révoltés contre des monarques injustes. Elle ne les peint ni moins fiers, ni moins violents, ni moins vindicatifs, ni même moins coupables que ne les a faits la tradition vulgaire. Aussi le barbare continue-t-il à percer jusque dans la grandeur sauvage de ces caractères primitifs que la religion même n'a pas encore adoucis, et dont la civilisation semble n'avoir atteint que la surface.

Le Franc, tel qu'il nous apparaît dans les premières chansons de geste, conserve donc sa nature propre, et l'on dirait que c'est impunément qu'il se trouve transporté au milieu des débris du monde romain. Mais un nouvel ordre d'idées vient un peu plus tard modifier l'esprit de ces créations poétiques. La galanterie, c'est-à-dire un mélange de déférence et d'affection pour la femme, devient un des caractères dominants des personnages, et les hommages rendus d'abord à la valeur seule, sont bientôt partagés par la beauté. Ce trait distinctif des littératures modernes provient-il de la domination germanique, ou de quelque autre influence étrangère? Sans doute la pudeur et la liberté de l'épouse semblent avoir été plus honorées chez les anciens peuples du Nord que parmi les Romains et les Grecs; mais leurs chants avaient un caractère moins tendre qu'énergique, et l'amour même n'y empruntait pas de paroles passionnées. L'empire du christianisme releva également la destinée sociale de la femme, sans l'entourer de ces hommages extérieurs qui l'attendaient au moyen âge; mais si on jette les yeux sur les poésies galliques dont la Grande-Bretagne avait conservé les débris, on y reconnaît déjà les indices de cette tendance nationale [1]. Aussi le nom même de la galanterie est-il évidemment dérivé de celui des Gaulois [2]. Il exprime la nuance de caractère qui les distinguait, et qui par cela même devait demeurer inconnue à la chanson franque, pour reparaître ensuite dans les poésies romanes (et surtout provençales) quand la fusion des vainqueurs et des vaincus rendrait enfin à ces derniers leur part d'action et d'influence. De là le développement plus tardif de cet élément, qui avait été d'abord comme comprimé par le triomphe des hommes du Nord sur la race indigène, mais qui réagit dans la suite avec une force étrange sur la littérature et sur la société tout entière.

[1] Voy., dans le chapitre III, le caractère des romans chevaleresques d'origine galloise.

[2] Le mot de *galant* exprime en anglais l'idée de bravoure, en français celle d'honneur (un galant homme) et celle de galanterie. Parmi les diverses acceptions qu'il prend dans les idiomes galliques, la plus ordinaire est celle de brave. Il n'indiquait donc pas primitivement une qualité déterminée, mais toutes celles dont se piquait le Gaël, et pour ainsi dire le caractère gaulois.

APPENDICE.

N° 1. — SERMENT DES VASSAUX DE CHARLES LE CHAUVE.

Si Lodhuvigs sagrament que son fradre Karlo jurat con-
Si Louis (le) serment que (à) son frère Charles (il) jure con-
servat, et Karlus meos sendra de suo part non los tanit, si io
serve, et Charles mon seigneur de sa part ne le tient, si je
returnar non lint pois, ne io, ne nuls cui eo returnar int pois,
détourner ne l'en puis, ni je, ni nul que je détourner en puis,
in nulla adjudha contra Lodhuvig non li iver.
en nulle aide contre Louis ne lui irai.

N° 2. — CHANT DE HILDIBRAHT.

(J'ai séparé les strophes d'après la coupe que j'ai
cru reconnaître dans le texte; mais cette division n'a
rien de bien assuré.)

I

J''ai entendu conter que se provoquèrent un jour
Hildibraht et Hatubrand pour un combat.

(Le) fils et (le) père. Ils mirent leurs habits de guerre,
Endossèrent leurs cuirasses et ceignirent leurs épées, [combat,
(En) héros, au-dessus de leurs armures : puis chevauchant au
Hildibraht parla, fils de Héribrant ; c'était un noble homme
De sagesse puissant. Il fit une demande
En peu de mots. Qui était son (*ton ?*) père
Parmi les hommes de la nation, ou de quelle parenté es-tu?
Si tu me le dis, je te donne cet habit de tissu triple.
Enfant, dans ce royaume toute race m'est connue !

II

Hatubrand parla, fils de Hildibraht. Ceci me dirent
Nos hommes vieux et sages qui ci-devant vécurent,
Que Hildibraht s'appelait mon père ; moi j'ai nom Hatubrant.
Jadis il alla vers l'Orient, fuyant la haine d'Odoacre,
Ainsi que Théodoric et ses compagnons nombreux.
Il perdit dans ce pays de beaux domaines,
Sa femme dans sa maison, son enfant tout petit,
Sa seigneurie sans possesseur. Il alla vers l'Orient
Depuis la disgrâce de Théodoric, mon parent,
Celui qui fut si délaissé des siens. Il s'était brouillé avec Odoacre
(Quoique) son guerrier le plus illustre jusqu'à la disgrâce de
[Théodoric.
Il était (jadis) à la tête du peuple, il aimait les combats,
Sage était-il parmi les hommes sages. Je ne crois pas qu'il existe
[encore.

III

Seigneur des hommes, Dieu ! dit Hildibraht, du haut du ciel,
Que cependant le combat de parents si proches tu ne souffres pas !
Il détacha ensuite de ses bras des ornements admirables,
Anneaux d'or des commandants, que lui avait nouvellement
[donnés son roi
Le prince des Huns. — Qu'à toi je les donne aujourd'hui en signe
(Mais) Hatubrand parla, fils de Hildibraht : [d'amitié ! —
Avec l'épée on recevra les présents (de cette espèce),
Fer contre fer ! Tu es, vieux Hun, mauvais compagnon :

Bravement tu me tends des piéges avec des paroles,
Moi, je vais avec la lance t'abattre !
Tu es si vieil homme, encore veux-tu tromper :
(Car) ceci me dirent des gens de mer,
Qu'à l'Ouest sur la mer des Wandales, on (leur) avait appris un
(Où) mort est Hildibraht, fils de Héribrant.   [combat

IV

Hildibraht parla, fils de Héribrant : Je vois bien
A ton armure que tu n'as pas un seigneur généreux,
Que tu n'es pas dans ce pays devenu riche.
Hélas ! Dieu puissant, un sort fatal m'est échu :
J'ai erré soixante étés et hivers hors de mon pays,
Faisant la guerre dans nos expéditions
Sans qu'aucun bourg ait lié mes jambes ;
Maintenant mon propre fils va me percer de son épée,
M'abattre sous sa hache, ou je vais être son meurtrier !
Pourtant tu auras certes l'occasion, si tu es le plus fort,
De gagner l'armure d'un noble homme.
Dépouille son cadavre, si tu peux en conquérir le droit.

V

Honni soit celui, dit encore Hildibraht, des hommes de l'Est
Qui te détournerait de ce combat dont tu as si grande envie !
Bons compagnons, examinez entre nous
Qui pourra s'enorgueillir d'être le meilleur champion,
Et qui demeurera le maître de nos deux cuirasses...

Le reste du chant est perdu, excepté les premiers
vers du combat. Mais le dénoûment est connu par
d'autres poëmes plus récents. Hatubrand, vaincu par
le vieillard, se rendait à lui et le reconnaissait avec
orgueil pour son père.

CHAPITRE II.

La Provence et son dialecte. — Effet de la sonorité de la langue sur le caractère de la versification. — Forme des poëmes provençaux. — Strophes savantes de la poésie lyrique. — Rapport du rhythme avec le chant. — Jongleurs. — Troubadours. — Les récits épiques en petit nombre. — Sirventes. — Cansos et autres poésies légères. — Élégance du langage et caractère de délicatesse qu'emprunte la galanterie. — Manque de force et d'inspiration chez les poëtes. — Raffinement exagéré des formes poétiques. — Admiration qu'inspirent dans les pays voisins la langue et les chants des troubadours. — Décadence de la littérature provençale après la guerre des Albigeois.

La Provence était la partie de l'ancienne Gaule où les populations indigènes avaient reçu les premières quelques germes confus de civilisation, grâce au voisinage des pays méridionaux et à l'établissement de colonies grecques sur les côtes de la Méditerranée. Cette belle contrée, qui devint très-florissante sous l'empire des Romains, eut ensuite assez peu à souffrir

3.

de la domination des Visigoths qui s'en rendirent maîtres dès le commencement du v⁰ siècle. Plus tard, il est vrai, les Francs l'ajoutèrent à leurs conquêtes; mais un petit nombre seulement de ces nouveaux barbares vint recueillir les dépouilles de la race vaincue. Nulle part, donc, l'élément latin ne put mieux rester dominant dans le langage, et l'esprit de la Gaule romaine survivre aux invasions des peuples germaniques.

Toutefois, le dialecte roman qui se forma en Provence, et que l'usage désigna sous le nom de *langue d'oc* [1], ne semble guère différer de celui du Nord que par le caractère plus éclatant des sons qu'il affectionne. Il n'adopte point l'*e* muet qui dans les provinces septentrionales était venu remplacer, par une sorte de murmure sourd, une partie des voyelles latines. Il conserve ces voyelles dans toute leur force chaque fois qu'elles jouent un rôle essentiel dans le mot; mais quand elles sont accessoires, il les supprime totalement. Ainsi la langue devient à la fois plus sonore et plus nerveuse. En étudiant sa formation, il est facile d'y reconnaître les effets d'une prononciation vivement accentuée qui développait pour ainsi dire les syllabes dominantes, en même temps qu'elle affaiblissait toutes les autres. Cette variété d'intonations, qui rendait le langage brillant et cadencé, n'a pas entièrement disparu de la prononciation ordinaire dans le midi de la

---

[1] C'était l'opinion des troubadours que ce nom était tiré du mot *oc*, qui signifie *oui* en provençal. Je préférerais le faire venir de l'ancien nom national des Aquitains, *Auchi* ou *Occi* (d'où Occitanie). Le dialecte provençal s'étendait du reste bien au delà des bornes de la Provence et dans toute l'Aquitaine primitive.

France, et elle était encore plus générale au moyen âge ; car on assignait alors pour caractère distinctif aux habitants de l'Aquitaine l'éclat de leur parole[1].

Or, la sonorité de la langue et son accentuation amènent l'importance du rhythme dans la poésie. Un idiome sourd, comme le roman du Nord, n'a guère que des formes poétiques imparfaites et confuses, puisque les sons n'y ressortent pas et que la mesure même arrive à peine nettement à l'oreille ; mais un idiome cadencé conduit à une versification régulière, rhythmée, musicale, parce que chaque syllabe offre une valeur précise, que toutes résonnent différemment, et que les effets qui naissent de leurs rapports et de leurs contrastes sont parfaitement sensibles. La langue d'oc devait donc prêter à la poésie romane, dès ses premiers essais, des formes harmonieuses et des combinaisons délicates, à l'opposé de ce qu'on pouvait attendre du dialecte septentrional.

Mais ces qualités particulières à la versification provençale ne se manifestent pas également dans tous les genres de poëmes. Les chants héroïques dont nous avons déjà indiqué l'existence, et qui formaient de véritables épopées populaires d'une extrême étendue, semblaient, par leur longueur même, n'admettre que peu de raffinements. Aussi les voyons-nous là, comme partout ailleurs, composés de tirades inégales, où une seule rime se répète jusqu'à épuisement et se trouve ensuite brusquement remplacée par une autre. Une

---

[1] On en trouve déjà la remarque dans le poëme d'Abbon sur la défense de Paris contre les Normands.

Calliditate venis *acieque*, Aquitania, *linguæ*.

(ABBO, *de Bello Paris.*, l. II, v. 471.)

coupe un peu plus régulière distingue quelques compositions destinées à l'enseignement moral ou religieux. C'est d'abord un poëme du xe siècle, racontant
les visions mystiques de Boëce persécuté par Théodoric. Il est divisé en strophes monorimes, dont la longueur varie de neuf à quinze vers. Au siècle suivant
appartiennent plusieurs ouvrages vaudois qui expo-
sent les doctrines de cette puissante secte. Le vers de
douze syllabes y alterne en général avec celui de dix,
comme dans les poésies élégiaques des Romains. A
mesure que l'on s'éloigne des époques les plus reculées, tout récit tend à se partager en stances à peu près
égales, comme pour en faciliter le chant; mais ce sont
les productions lyriques qui répondent seules rigoureusement à ces exigences de l'harmonie, et qui nous
offrent enfin cette régularité parfaite à laquelle le sens
musical devait conduire le poëme rhythmé.

En effet, les strophes provençales, telles que nous
les montrent la *canso* ou chanson, le *planh* ou complainte, et le *tenson* ou chant dialogué, ont une coupe
déjà symétrique et savante qui devient d'autant plus
gracieuse et plus mobile que le mouvement littéraire
se développe davantage. Sous ce rapport les Provençaux l'emportent même sur les poëtes de l'antiquité,
dont les combinaisons lyriques sont loin d'atteindre à
la même variété de formes [1]. Et ce qui rendait plus remarquable encore l'artifice de chaque stance, c'était
un genre de mérite inaperçu pour nous, mais attesté
par tous les témoignages contemporains : la cadence
du vers, son mouvement, sa coupe suivaient en quel-

---

[1] Voir l'*Appendice*, n°s 1 et 2.

que sorte l'air, ou, comme on le disait alors, le *son* sur
lequel on devait le chanter, les notes longues et brèves tombant sur des syllabes de mesure correspon-
dante; les repos sur les intervalles de la phrase, et
l'œuvre du poëte se mariant dans toutes ses parties à
celle du musicien.

La composition des morceaux écrits avec ce raffinement extraordinaire suppose, on le conçoit, les talents
réunis du chant et de la versification; mais cette réunion était naturelle, puisque la poésie se chantait
presque toujours, au lieu de se déclamer. Il y avait
même une classe d'hommes dont c'était la profession
d'aller de lieu en lieu répéter les poëmes de toute espèce, en s'accompagnant sur la harpe ou sur d'autres
instruments. Comme peu de gens, excepté les clercs,
savaient lire, et que la lecture seule ne donnait pas les
tons du vers, les grandes légendes religieuses ou
héroïques n'arrivaient le plus souvent à l'homme du
peuple, au marchand des villes, au seigneur dans son
château, que par l'intermédiaire de ces rapsodes obscurs. Ils avaient existé en Provence, dès les derniers
temps de la domination romaine, sous le nom latin de
jongleurs (*joculatores*), mot à mot « faiseurs de jeux. »
A cette époque, en effet, leur principal emploi était
d'égayer les banquets et les fêtes par des représentations scéniques, des ballets, des jeux bouffons, des
tours d'adresse. Longtemps encore après la conquête
franque, le peuple confondit les chanteurs qui parcou-
raient ainsi la contrée avec les baladins et les conduc-
teurs de singes et d'ours, payant volontiers de mépris
l'amusement qu'ils lui donnaient. Mais quand la harpe,
le luth ou la guitare de l'artiste ambulant faisait en-

tendre d'heureux accords, quand ses accents exaltaient l'imagination ou touchaient le cœur, il obtenait l'accueil que commandait le prestige de son talent et de son savoir. Souvent alors les portes des châteaux s'ouvraient devant lui; on se plaisait à l'y retenir par une généreuse hospitalité, et quelquefois on l'y gardait à demeure. Dans cette existence aventureuse où l'attendaient ainsi des vicissitudes de chaque jour, l'inspiration poétique visitait parfois le jongleur, comme le rapsode de la Grèce antique. Lui-même alors il devenait poëte, et l'on trouve, quoique rarement, les deux mots employés comme synonymes l'un de l'autre [1]. Mais c'était là l'exception : en général, il suffisait à l'ambition du chanteur de posséder le plus grand nombre de récits nouveaux et de les débiter avec élégance.

D'où provenaient ces récits dont le nombre s'accroissait chaque jour? Quels étaient les auteurs dont l'art ingénieux éveillait l'admiration et la sympathie publique? Les seuls que nous puissions d'abord distinguer sont des religieux qui, dans l'ombre du cloître, tantôt traduisaient les légendes des saints ou composaient de pieuses allégories (comme l'auteur de Boëce), tantôt recueillaient les traditions chères à la multitude et prêtaient eux-mêmes de nouveaux exploits à ses héros favoris (comme les biographes romans de Charlemagne). Mais quand le progrès de la civilisation eut répandu parmi la postérité des Goths et des Francs quelque connaissance des lettres, et que le baron provençal fut devenu un cavalier aussi habile à bien dire

---

[1] Voir l'*Appendice*, n° 2.

qu'à bien faire [1], on en vit plusieurs exprimer eux-
mêmes en langage poétique leurs pensers de guerre
ou de galanterie. Ceux qui déployaient ainsi le talent
de composer furent appelés trouveurs ou *trobadors*,
mot dont on a fait le nom de troubadours. Un certain
nombre d'hommes sans naissance, mais qui se sen-
taient les droits du talent ou du génie, reçurent le
même titre, et la faveur des grands les plaça quelquefois à côté des premiers. Mais l'élément religieux et
même l'élément héroïque cessèrent alors de dominer
dans la poésie : car ces nouveaux trouveurs, plus
riches d'imagination que de savoir et peu capables de
longs travaux, ne chantèrent en général que leurs
sentiments personnels.

Tel paraît le motif pour lequel la littérature provençale nous offre assez peu de narrations épiques, après
celles qui se rapportent à Charlemagne. Parmi les ouvrages plus récents, un seul peut-être, la *Chanson
d'Antioche*, par Becchada, était une véritable chanson
de geste, qui avait été composée en l'honneur des
croisés victorieux, et dont l'air devint aussi célèbre
que les paroles [2]. Des traductions plus ou moins em-
bellies des poëmes chevaleresques du Nord viennent
ensuite remplacer les récits d'origine provençale.

---

[1] Un chroniqueur allemand, contemporain de Godefroid de
Bouillon, reconnaît déjà la supériorité des gentilshommes français sous ce rapport. *Feritatem militum nostræ gentis suavissimâ
urbanitate gallicis caballariis commendans.* (EKKEHARDI *Chron.*
ad annum 1099.)

[2] On peut juger de cette célébrité, en voyant notre vieux chroniqueur, Lambert d'Ardres, se plaindre amèrement de l'injustice du poëte qui n'avait pas cité le nom du comte de Guines.
L'œuvre de Becchada n'a pourtant pas échappé au temps.

Bientôt le Midi n'eut plus d'autres chants guerriers que des compositions du genre lyrique appelées *sirventes*. C'était une sorte de dithyrambes, où l'ironie et le sarcasme se mêlaient aux accents impétueux du courage, du patriotisme ou du ressentiment. Nul n'y obtint plus de succès que Bertrand de Born, chevalier limousin qui vivait à la fin du XIIᵉ siècle et qui, dans la violence naïve de son langage, déploie tour à tour l'âcreté d'un esprit mordant, l'audace d'un caractère aventureux, l'énergie d'un soldat et la verve d'un poëte [1]. Mais on ne connaît guère que lui, parmi les troubadours, qui ait chanté la guerre de préférence à tout le reste.

Ce sont en effet les sentiments tendres et passionnés qui règnent en général dans leurs productions favorites, les *cansos*, autour desquelles viennent se grouper les couplets (*coblas*), les sonnets (*sons*), les ballades, les aubades, et, comme nous l'avons déjà vu, les *planhs* et les *tensons* [2]. Ces petits poëmes, qui font la principale richesse de la littérature provençale, reproduisent à peu près le même ordre d'idées galantes, mais avec une variété infinie de nuances et d'expression. Les plus anciens sont quelques *cansos* de Guillaume IX, comte de Poitou et duc d'Aquitaine, qui alla combattre en Palestine peu après Godefroid de Bouillon (1102). Écrites d'un style libre et badin, elles sont

---

[1] Voir l'*Appendice*, nº 3.

[2] Ce nom vient du latin *contentio* (contestation) et il se donnait à une lutte entre deux poëtes qui chantaient alternativement; mais les couplets étaient quelquefois inégalement partagés entre les deux adversaires, au lieu de se suivre en mesure égale. Quant au fond de la lutte, il s'agissait ordinairement d'une question à décider.

déjà versifiées avec habileté, mais dépourvues de délicatesse dans la pensée et dans le langage. Un demi-
siècle après lui, apparaissent une foule d'autres troubadours d'un rang un peu moins élevé, mais dont les
chants ont plus de noblesse. Presque tous expriment
avec grâce des sentiments exaltés, et quelques-uns font
de l'amour chevaleresque une affection sans tache,
pleine de dévouement et d'abnégation. Aussi ne crai-
gnent-ils pas d'associer parfois la religion même au
culte profane, mais respectueux, dont la femme est
pour eux l'objet[1].

Cette apparence de pureté qu'empruntait ainsi la
galanterie, et qui l'ennoblissait dans la pensée des
peuples, mérite de fixer un instant notre attention.
Où prenait-elle son origine? Était-ce sous l'influence
du christianisme que la vieille Aquitaine avait ainsi
dégagé de toute forme grossière l'idée de l'amour pour
l'élever à une sorte de spiritualisme et en faire presque
une vertu? Faut-il, au contraire, chercher le principe
de ce raffinement et de cette délicatesse dans l'exemple des Mores d'Espagne, dont les poésies en offrent
quelque reflet? Ou bien l'âme rêveuse des hommes
du Nord, Germains ou Gaulois, tendait-elle d'elle-
même à idéaliser ses affections profondes? Peut-être
chacune de ces causes eut-elle part au résultat. Le
christianisme avait flétri les inclinations sensuelles
auxquelles s'abandonnait le monde romain et qu'il

---

[1] Ce trait bizarre n'appartient pas seulement aux poëtes provençaux ; les trouvères tiennent le même langage. Tous implo-
rent naïvement le secours de Dieu et des saints, quand ils aspi-
rent à être aimés ; ils les remercient de même quand leur amour
est accueilli.

1.   4.

avait transmises aux cités gauloises. L'élégance et la
politesse des Mores inspirèrent le goût de la distinction de langage et de sentiments dont ils se piquaient
L'alliance des noms de galanterie et d'honneur était
gauloise, celle des idées de vaillance et de chasteté
paraît germanique. De la réunion de ces principes
divers semble s'être formé l'esprit nouveau de la chevalerie, tel que le conçoivent les troubadours et qu'il
fleurit un moment dans les cours de Provence.

Mais il ne faut pas s'exagérer les effets de cet esprit
chevaleresque. Le langage et les manières s'en ressen-
tirent plus que les actions et les mœurs, qui restèrent
à peu près les mêmes, soit qu'il ne dépende pas de
homme d'épurer ainsi ses penchants au gré de sa
pensée, soit que les populations du Midi, encore im-
prégnées du sensualisme antique, fussent mal pré-
parées à une révolution morale si imprévue. Aussi
trouvons-nous toujours, à côté des *cansos* où l'âme
tendre de quelques poëtes se livre à un enthousiasme
presque mystique et ne veut mêler à l'amour que des
images innocentes, un nombre de pièces bien plus
grand où le charme du langage voile à peine le déré-
glement de l'imagination et du cœur. Dans ce mélange de sentiments contraires quoique revêtus du
même nom, la licence emprunta le masque de l'exal-
tation ; la galanterie, qu'ennoblissait un vernis d'élégance, pénétra de plus en plus dans les mœurs, et les
esprits s'efféminèrent à mesure que les idées se relâ-
chaient. La vanité tint alors lieu d'inspiration aux
troubadours, qui songèrent plus à se faire admirer
qu'à exprimer des émotions réelles ; la recherche
et le raffinement régnèrent dans leurs ouvrages,

et le soin de la forme fit pour ainsi dire oublier la
pensée.

De cette fausse direction que prit la poésie provençale, résultèrent des efforts inouïs pour varier le
rhythme et les combinaisons lyriques, même en for-
çant la langue et le sens. On les remarque déjà chez
quelques troubadours du XIIᵉ siècle. Au lieu de chercher à élargir le cercle des premières idées poétiques
exploitées dans les chansons précédentes, ils semblent
s'y renfermer à leur tour et ne mettre leur ambition
qu'à reproduire, sous d'autres formes, des images déjà
reçues. Encore s'ils n'avaient fait consister le raffinement que dans le choix de tours nouveaux et d'expressions mieux assorties! Mais c'est surtout la com-
plication des rimes aux dépens de la raison, qui les
préoccupe. Arnauld Daniel, contemporain de Bertrand
de Born et auquel les auteurs italiens ont donné le
premier rang parmi les poëtes provençaux, nous en
offre de curieux exemples. Ce troubadour, que le
Dante et Pétrarque admiraient encore, ambitionnait
surtout l'emploi de consonnances difficiles et recher-
chées (*caras rimas*), et on le louait de composer des
chants si beaux qu'ils en devenaient obscurs. Il inventa un genre nouveau de *cansos*, appelé la sixtine,
qui renfermait six stances de six vers tous terminés
par des mots de longueur égale. Ces mots étaient les
mêmes pour chaque strophe, mais venaient s'y placer
dans un ordre toujours différent et fixé d'avance [1],
comme pour mettre tout le mérite de la composition
dans la difficulté vaincue. Mais si compliquée que fût

---

[1] *Hist. litt. de la France*, t. XV, p. 434.

la sixtine, c'est à peine si elle surpasse les combinaisons minutieuses que nous offrent bientôt après les
chansons des poëtes suivants et surtout du fameux
Pierre Vidal. Girauld de Borneilh, le plus parfait des
troubadours du XIIIe siècle, nous avoue lui-même qu'il
avait réussi à se faire admirer en composant des vers
obscurs sur des rimes difficiles [1]. Ajoutons toutefois,
pour lui rendre justice, qu'il abjura plus tard cette
ambition mesquine. « Je veux chanter, s'écrie-t-il
dans une de ses dernières pièces, pour être compris
de tous et pour que mes vers se répètent autour de
la fontaine! » Mais ses contemporains continuèrent
à ne composer que pour « ceux qui se piquaient de
politesse et de savoir, » et le naturel disparut de leurs
chants.

En revanche, le soin minutieux qu'apportaient les
poëtes à perfectionner leur style, n'avait pas été sans
utilité pour la langue elle-même. On peut en juger
en jetant les yeux sur un petit nombre d'écrits en
prose, qui appartiennent aux premiers temps. Le provençal y apparaît sous une forme rude et grossière,
bien éloignée du caractère élégant que lui imprima la
versification. En poursuivant cette œuvre de perfectionnement, les troubadours accomplirent une tâche
importante : car ils furent les premiers qui surent
ennoblir un de ces idiomes nouveaux, nés comme par
hasard de la corruption du latin populaire, et nous
voyons les auteurs italiens admirer avec envie « le
délectable parler de France. » Cette admiration s'étendait aux poëtes eux-mêmes que les seigneurs d'Es-

---

[1] *Ibid.*, t. XVII, p. 450.

pagne et d'Italie prenaient pour maîtres dans l'art du
gái savoir. Au commencement du xiiie siècle, la langue
d'oc était répandue dans la plupart des cours méridionales et comptait des troubadours lombards et cata-
lans. On imitait partout ses poésies légères, on adoptait les idées galantes dont elles étaient l'expression,
et les mœurs mêmes se ressentaient de l'influence
provençale. C'est ainsi que les comtesses de Champagne et de Flandre [1] essayèrent de suivre l'exemple
qu'avaient donné la reine Éléonore de Guienne et la
comtesse Ermengarde de Narbonne, en formant parmi
leurs dames une *cour d'amour* qui s'appliquerait à
juger les questions de galanterie.

Mais ce qu'il y avait de factice dans ce cours d'idées
et dans ce développement littéraire, qui ne répondaient ni à un mouvement bien fécond de l'intelligence, ni à un grand progrès social, devait en limiter
la durée. Malgré des productions ingénieuses et quelquefois assez considérables, la poésie provençale du
xiiie siècle pâlit rapidement. La croisade contre les
Albigeois, qui livra le midi de la France à l'épée des
guerriers du nord, inspira encore aux troubadours
quelques chants patriotiques. Leurs sirventes contre
les Français respirent une haine ardente qui donne
souvent à leur voix de l'éclat et de l'énergie [2]. « C'est
la guerre de la barbarie contre la civilisation ! » s'écrie
Guillaume de Tudèle qui, dans un long poëme sur la
guerre des Albigeois, en raconte tous les détails. Mais
ce grand orage devait être mortel à une poésie déjà

---

[1] On croit que ce fut Sibylle d'Anjou, épouse de Thierry d'Alsace.

[2] Voir l'*Appendice*, no 4.

efféminée et dont le caractère était devenu tout artificiel. Les malheurs de la guerre avaient appauvri la
contrée et décimé cette noblesse polie, éprise du beau
langage. Quand la Provence échut à des princes français (1245) et que le comté de Toulouse fut réuni à la
couronne (1249), il ne resta plus d'autres protecteurs
au gai savoir que des seigneurs du second ordre.
L'esprit même de la société changeait : le troubadour
oisif, le jongleur mercenaire ne trouvaient plus dans
les châteaux ni dans les cours la place que leur avait
assignée la civilisation naissante des âges précédents.
Leurs chants s'éteignirent donc comme d'eux-mêmes,
tandis que l'Espagne et l'Italie les redisaient encore,
et que l'écho s'en répétait jusque dans le nord de l'Europe.

APPENDICE.

Nous réunirons ici quelques exemples de cette variété de coupe et de mètre, qui caractérise les chants des troubadours.

Guillaume de Poitou offre déjà, entre autres combinaisons lyriques, des couplets où se croisent le vers de huit syllabes et celui de quatre.

> Derreire m'aportero 'l cat
> Mal e fello,
> Ed escorgeron me del cap
> Tro al talo.

A côté de cette forme légère et gracieuse nous en remarquons bientôt de plus compliquées. Ce sont des stances de huit vers inégaux sur deux rimes (comme la canso de Bernard de Ventadour : Estat ai cum hom eperdutz — Per amor un lonc estatge, etc.) ou sur trois (comme le sirvente de Bertrand de Born : Be m

platz quar treva ni fis—No reman entr'els barons !).
Mais là ne s'arrête point le raffinement. Des strophes
d'une longueur presque illimitée nous présentent ensuite toute espèce de rhythme. En voici une de Ram-
baud de Vaqueiras, qui composa sur la même mesure
tout un poëme allégorique :

> Donas de Versilha
> Volon venir en l'ost;
> Sebeli e Guilha
> Ena Rixenda tost;
> La mair et la filha
> D'Amisa, quan que cost;
> Ades
> Ven de Lenta, n'Agnes.
> En de Ventamilha
> Gilbelina recost.
> Apres
> Es la ciutat en pes.
> De iotas partz y venon a gran joya,
> Fag'an ciutat, et an limes nom Troya,
> E fan poestat de mi dons de Savoya.

La cadence des vers, qui se chantent pour ainsi
dire d'eux-mêmes, faisait encore ressortir la grâce de
ces mètres divers si heureusement combinés. Aucune
langue peut-être n'offre de stances plus harmonieuses
que les suivantes de Pierre Cardinal et de Guillaume
de Béziers.

> Ay, regina del cel,
> Plus dossa trop que mel,
> Paradis me apparelha ;
> Dona, fay nos fizels.
> Lials com fist Abel !
> Tot lo mon, dona, velha
> En tu rosa vermelha.

Esperanza,
Peransa
Me destrenh e m balansa :
Esmansa,
Semblansa
Me tolh et m'enansa ;
E m dona alegransa.
Un messatgier que me venc l'autre dia
Tot en vellan mon verai cor emblar ;
Et anc pueysas no fuy ses gelosia,
E res ne sai vas on lo m'an cercar.

Pour apprécier l'art du poëte, il faut encore remarquer que chaque vers se scande (c'est-à-dire que les syllabes fortes et faibles se succèdent dans un ordre déterminé), et que tous ceux qui atteignent une certaine longueur ont leurs césures. C'est l'opinion de Sismondi (*Littér. du midi de l'Europe*, c. III) que les règles de la prosodie provençale avaient été inventées par les troubadours et passèrent ensuite dans les autres langues romanes, à l'exception seulement du français.

Nº 2. — DES TALENTS DU JONGLEUR.

Giraud de Calenson, un des bons troubadours, a rassemblé dans un sirvente élégant les qualités qu'on exigeait d'un jongleur. On croit cette pièce composée vers 1220.

Sadchas trobar,
E gen tombar,
E ben parlar, e jocx partir,

Taboreiar
E tauleiar
E far la simphonia brugir ;
E paux pomels
Ab dos cotels
Sapchas gitar e retenir ;
E sistolar,
E mandurcar,
E per catre cercles salir.
Sapchas arpar,
E ben temprar
La gigua, e 'l sons esclarzir,
Joglar leri
Del salteri ;
Faras X cordas estrangir.
IX esturmens,
Si be l'apprens,
Ni potz a tos ops retentir ;
Pueys apenras
De Pelias
Com el fetz Troya destruir, etc.

*Sache trouver, — gentiment rimer, — bien parler, — jouer
jeux-partis ; — tambouriner — et cliqueter, — faire la vielle
retentir ; — et pommelettes — sur deux couteaux — sache jeter et
retenir ; — sache jouer de la sistole, — de la mandole, — et par
quatre cercles sauter ; — sache harper (jouer de la harpe), — et
bien mener — la gigue, et ta voix éclaircir ; — joue gaiement —
du psaltérion ; — fais résonner les dix cordes ; — neuf instruments, — si bien l'apprends, — tu peux à ton gré retenir ; — puis
apprendras — de Pélias (du fils de Pélée) — comme il fit Troie
renverser.*

On voit que le jongleur modèle devait réunir les
talents du poëte, du baladin, du chanteur et de l'ac-
compagnateur universel.

SIRVENTES CONTRE LES FRANÇAIS.

Le plus remarquable est celui de Bernard de Mar-
vejols, composé de cinq strophes dont voici la seconde
et la cinquième :

> Tot jorn m'axire
> Et ai aziramen ;
> La nueg sospire
> E velhan, e dormen.
> Vas on que m vire
> Aug la cortesa gen
> Que cridom cyre
> Al Frances humilmen.
> Merce an li Francey
> Ab que veio 'l conrey ;
> Que autre dreg no y vey.
> Ai ! Tolosa, e Proensa,
> E la terra d'Agensa,
> Bezers e Carcassey,
> Quo vos vi, e quo us vey !

*Tout le jour je m'indigne, — et j'ai de quoi m'indigner ; — la
nuit je soupire, — en veillant, en dormant. — De quelque part
que je me tourne, — j'entends la nation courtoise (les Provençaux) — crier : Seigneur — au Français bassement. — De la pitié
ont les Français (pour eux), — tant qu'ils voient le butin (qu'ils
en tireront) ; — d'autre justice je n'y vois. — Ah ! Toulouse et
Provence, — et la terre d'Agens, — Béziers et Carcassonne, — en
quel état vous ai-je vues, et en quel état vous vois-je !*

> Si quo 'l salvatges
> Per lag temps mov son chan,
> Es mos coratges
> Qu' ieu chante derenan.
> Et quar paratges
> Si vai aderrairan,
> E bos linhatges
> Decazen e falsan.

E creys la malvestatz,
E 'ls boros rebuzats,
Bauzadors e bauzats,
Valor menon derreira
E deshonor primeyra ;
Avols, riex, malvatz
Es de mal heretatz.

Ainsi que l'oiseau sauvage — par temps noir pousse son chant,
— c'est mon inclination — de chanter maintenant, — car noblesse
— se va détériorant, — et bonnes races — déchoient ou faillent, —
et grandit la méchanceté. — Les barons dégradés, — trompeurs
et trompés, — valeur mettent en arrière — et déshonneur en avant.
— Sans force, riches et pauvres (grands et petits) — ont pour
héritage le malheur.

N° 5. — SIRVENTES DE BERTRAND DE BORN.

M. Villemain reproduit plusieurs morceaux de ce
poëte dans son Tableau de la littérature au moyen
âge. Voici un passage qui a été traduit en conservant
le rhythme original, et que nous empruntons à M. de
Laveleye :

Je vous dis que rien ne m'est doux,
Manger, ni boire, ni dormir,
Comme d'ouïr crier : A nous !
Des deux parts ; d'entendre hennir
Les chevaux sellés sous l'ombrage ;
D'ouïr crier : Aidez ! aidez !
De voir rouler dans les fossés
Vassaux et grands dessus l'herbage,
Et les morts qui dans les côtés
Ont les tronçons outre-plantés.

CHAPITRE III.

LANGUE D'OÏL, CHANSONS DE GESTES ET ROMANS DES TROUVÈRES.

Caractère de la langue d'oïl. — Simplicité de sa poésie. — Les jongleurs du Nord. — Les trouvères. — Forme de leurs premiers chants. — Genre de mérite qui caractérise leurs récits épiques. — La chanson de geste transformée en roman. — Poëmes anglo-normands. — Romans d'origine galloise. — Romans de chevalerie de la dernière époque. — Compositions romanesques sur des sujets tirés de l'histoire ancienne.

Aussi ancien que le dialecte provençal et répandu dans un plus grand nombre de provinces, l'idiome qui régnait dans les contrées du Nord et du centre ne fut point cultivé d'abord avec le même éclat. On l'appelait *langue d'oïl* [1], terme qui est quelquefois remplacé par

---

[1] *Oïl* signifiait *oui* dans le dialecte du Nord, comme *oc* en provençal. Peut-être, cependant, le nom de *langue d'oïl* n'avait-il fait que remplacer à la longue celui de *langue des Gaëls* ou Gaulois. En effet, les frontières des Gaulois et des Aquitains marquent à peu près la limite des deux idiomes.

celui de roman wallon. On a déjà vu que sa prononciation était sourde et monotone, ses finales souvent
obscurcies par l'*e* muet, sa construction presque in-
flexible : le rhythme et la cadence devaient donc man-
quer à sa poésie; et c'est ce que nous remarquons en
effet dans les débris qui nous restent de ses productions primitives. Rien en effet, ni dans le son des
mots, ni dans la forme du vers, n'offre ce charme
qui séduit l'oreille; la pensée n'y reçoit aucun appui
de l'art : il faut qu'elle trouve en elle-même toute sa
force.

Mais ni l'hymne pieux du chrétien, ni le chant de
victoire du Franc ne réclamaient le prestige de l'harmonie ou la perfection du langage. Les clercs, en ri-
mant pour le peuple les légendes des saints dont il
demandait l'histoire, accomplissaient une œuvre moins
d'agrément que d'utilité [1]. Les nobles hommes qui
composaient eux-mêmes ou qui racontaient à de
mieux disants des récits de batailles obéissaient au
souvenir, à l'enthousiasme patriotique, au vœu des
populations. Ainsi la poésie, pour être plus humble et
plus nue, n'en exista pas moins. La chanson de geste
surtout, peinture souvent fidèle des grands événements, les transmit avec une sorte d'éclat de génération en génération. Nous n'en possédons, il est vrai,
que du XIIᵉ siècle, car celles qui avaient été compo-

---

[1]   À ces qui n'unt lectres aprises
         Doivent li clerc montrer la lei,
         Parler del seint, dire pourquei
         Chescune feste est controvée.
             (RICHARD WACE, cité dans l'*Histoire littér.*
             de la France, t. XVII, p. 632.)

sées longtemps avant furent traduites alors dans un langage moins imparfait, et ne nous sont parvenues qu'ainsi transformées. Il en est pourtant dans le nombre quelques-unes qui paraissent avoir à peine été modifiées par les poëtes qui les reproduisirent, et celles-là sont aussi voisines de l'histoire que du roman. Mais elles ne se rapportent guère qu'à des héros du second ordre [1]. Quant à celles qui célèbrent Charlemagne et ses paladins, leur popularité même ne les a laissées passer d'âge en âge que dénaturées par mille additions fabuleuses : car l'imagination de la multitude élevait si haut ces grandes figures que le monde de la réalité semblait déjà trop petit pour elles.

Les jongleurs qui répétaient ces récits héroïques n'étaient pas moins en faveur dans le nord de la France que dans le midi. Bertolais de Laon, qui avait célébré le premier Raoul de Cambrai et les pairs de Vermandois, est désigné comme un *saige jonglères* riche et de bon lieu. A la bataille de Hastings, Taillefer, le fameux jongleur de Guillaume le Conquérant, avait obtenu l'honneur de porter le premier coup. Il précédait les chevaliers en chantant :

> De Carlemane et de Rolant
> Et d'Olivier et des vassaus,
> Qui moururent à Rainscevaux.

Mais arrivé en face des Anglais, il déploya d'abord son adresse en jetant en l'air sa lance et son épée,

[1] Parmi ces poëmes conservés sans altération essentielle, le roman de *Raoul de Cambrai* offre peut-être la plus grande fidélité : celui de *Garin le Lohérain*, d'origine plus ancienne, se ressent aussi fort peu des remaniements qu'il a dû subir.

qu'il rattrapait par la pointe « comme par enchante-
ment; » puis il chargea lui-même les ennemis et en
renversa trois avant d'être abattu à son tour. Les noms
de Turold et de Béric, autres jongleurs de Normandie,
indiquent des descendants des Scandinaves, qui sans
doute n'eussent pas fait choix d'une profession mé-
prisée. Aussi leurs chants étaient-ils tous religieux ou
épiques, avant que l'exemple des Provençaux ne ré-
pandît parmi la noblesse le goût de la poésie et l'art
de versifier, changement qui paraît aussi dater du
XIIᵉ siècle. Alors seulement les provinces septentrionales eurent leurs troubadours, qui furent nommés
trouvères : c'était le même mot (trouveurs) dans un
autre dialecte.

La forme du poëme narratif était à peu près la
même dans la langue d'oïl que dans la langue d'oc. Il
se composait également de tirades monorimes et inégales, tantôt formant des strophes séparées, tantôt
se suivant sans interruption. Mais le plus ancien texte
de la chanson de Roland, qui semble conserver sa
facture primitive, nous montre parfois à la fin des
stances une exclamation sauvage, pareille à un cri
d'armes : *Aoi!* C'est aussi par des exclamations répétées après chaque couplet que se terminent les premiers essais lyriques des trouvères. A ce trait distinctif (car les exemples de ces refrains sont rares en
provençal, et se bornent à peu près à l'aubade), il
semble qu'on reconnaisse les habitudes des poëtes
germains et scandinaves, qui aimaient ces répétitions
emphatiques au commencement ou à la fin des strophes. Mais la chanson de geste ne put adopter cet
usage que par exception; car il s'accordait mal avec

les convenances du récit et semblait exiger un chant plus vif.

Ce n'est donc pas à l'artifice de la versification que les poëmes héroïques de la langue d'oïl durent la supériorité qu'ils atteignirent et dont convenaient même les Provençaux. Encore moins pourrait-on l'attribuer à la grâce particulière de ce dialecte, bien que telle fût la pensée de quelques troubadours : car les récits épiques demandent une noblesse et un éclat qui lui manquaient. Restent donc l'invention, la peinture des hommes et des choses, la grandeur des idées et des sentiments. Mais ici encore on peut hésiter : car pour emprunter les paroles d'un écrivain à qui ce sujet est parfaitement connu [1], « les chansons de geste qui ont conservé des traits de leur rédaction primitive nous peignent des mœurs rudes et grossières. » A ne les examiner que légèrement, on en trouve les images à peine ébauchées, et souvent la confusion du tableau atteste l'ignorance du jongleur comme de ceux qui l'admiraient. Cependant on s'attache à ces productions qui d'abord paraissaient informes ; comme les statues du moyen âge, elles ont un caractère que l'art refuse d'admettre, et qui n'en captive pas moins. C'est qu'elles sont profondément vraies, dès qu'on les considère dans leur effet général. Le poëte n'a aucune idée artistique, mais il croit : loin de chercher des raffinements, il ne veut pas même inventer, et s'il crée, c'est à son insu [2]. C'est donc la voix du peuple qui vient parler par sa bouche, voix toujours éloquente et

---

[1] M. LEROUX DE LINCY, *Chants histor. français*, p. XII de la préface.

[2] Le moine de Saint-Gall raconte sur Charlemagne et sur ses

5.

fidèle au sentiment qu'elle exprime. De là l'unité de
chaque figure : si Roland a foulé du pied la terre, elle
reste durcie : s'il met la main sur un être vivant, il le
brise : s'il souffle dans son cor, l'ivoire se fend : s'il
frappe un roc de son épée, il y fait brèche [1]. Au moral
sa taille est la même : sa foi, sa loyauté, son orgueil
chevaleresque égalent sa force ; mais le bon sens populaire, en lui donnant ces traits d'Hercule, met des
bornes à son intelligence, comme ces sculpteurs antiques qui déprimaient le front de l'athlète.

Or, de pareilles conceptions n'étaient possibles
qu'en face de la réalité. Toutes les fois que les hommes
d'Austrasie, ces vassaux héréditaires des Carlovingiens, que représentent Roland, Olivier, Ogier l'Ardennais, Renaud et ses frères, viennent à reparaître
au midi des Alpes ou seulement au sud de la Loire,
leur physionomie change. Le poëte italien ou provençal, qui les modèle d'après d'autres figures, leur donne
une expression plus élégante et plus douce. Mais lors
même que ce changement ne porte pas atteinte à la
vigueur de leurs traits, il détruit la vérité du poëme,
en brisant le rapport qui existait entre la nature du
héros et celle de l'action. Il n'y a pas de place pour la
noblesse courtoise, gracieuse, policée du temps de
Philippe-Auguste ou de saint Louis, dans les épopées
de la France barbare.

chevaliers des choses aussi merveilleuses que les récits du faux
Turpin, et il n'a pas un moment de doute. Un certain nombre
de Slaves percés d'un seul coup de lance et emportés ensuite au
bout de l'arme qui les a tués, ne lui paraissent nullement un
poids trop lourd pour le bras d'un Franc.

[1] Voir dans l'*Appendice* le récit de ses derniers moments.

Mais le jongleur du Nord, plus habile peut-être au jeu de la lance et de l'épée que dans le maniement de la vielle et dans les autres parties du gai savoir, ne change rien au type qui est devant lui. Il n'y trouve nulle imperfection et n'en conçoit aucun autre. Son enthousiasme naïf, sa propre ressemblance avec ses héros, la conformité du monde où il vit avec le leur, font de lui un peintre toujours fidèle. Si son langage est grossier et ses descriptions imparfaites, il parle, il voit comme eux. De là cette harmonie sauvage qui règne dans ses tableaux et qui en fait la force. Plus tard, au contraire, quand le cours des âges et le progrès de la civilisation eurent commencé à répandre dans les pays où régnait la langue d'oïl des mœurs plus polies et des sentiments plus raffinés, ces légendes héroïques furent rajeunies par des trouvères au langage moins rude, et pâlirent en s'adoucissant. Les versions nouvelles qui les reproduisent à cette deuxième époque (vers l'an 1200), en voulant achever l'ébauche antique, lui ôtent son relief. On les voit s'allonger à chaque siècle, de manière à délayer en dix mille vers la chanson de geste qui n'en contenait pas deux mille dans un texte plus ancien (celle de Roland). Les continuations qu'elles ajoutent à de vieux récits en épuisent l'intérêt sans jamais s'élever à la vigueur de l'œuvre primitive. L'épopée populaire devient un récit prosaïque qui peut encore plaire à l'imagination, mais qui ne sera plus chanté en allant au combat. Aussi les jongleurs finirent-ils par n'en plus réciter que des fragments, et nous les voyons quelquefois au début d'un poëme prévenir le lecteur qu'ils ne lui donneront pas toute l'histoire, mais seulement un épisode remarquable.

A ces narrations chevaleresques du second âge nous donnerons le nom de *romans*, qui finit par leur rester [1].

Les chants relatifs aux Carlovingiens et à leurs vassaux continuèrent à former le fond des récits de guerre, et pour distinguer cette classe de compositions on les a appelées *romans du cycle de Charlemagne*. Mais à la même époque une deuxième famille de poëmes et de héros vint rivaliser avec ceux du monde franc. C'était le résultat de l'établissement d'une monarchie rivale. Les Normands devenus maîtres de l'Angleterre y avaient porté la langue d'oïl et ses chansons de geste. Mais formant alors une nation indépendante, ils eurent leurs propres souvenirs à célébrer, et la jalousie nationale contribua encore à féconder ce mouvement littéraire, car il leur répugnait de chanter les héros d'un peuple ennemi et, suivant eux, dégé-

---

[1] Nous trouvons d'abord le nom de *roman* donné à un récit quelconque en langue romane, comme pour désigner l'idiome dans lequel il se trouve écrit. Voici un passage de Benoît de Sainte-Maure, où ce mot est tour à tour employé dans le sens de langue et d'histoire :

> Por ce me veuil travailier
> D'une estoire encommencier,
> Que de latin, où je la truis (trouve),
> Se je ai le sens è je puis,
> La voudroie si à *romans* (langue d'oïl) mettre,
> Que cil qi antendra la lettre
> Ne puisse doter el *romanz* (l'histoire).

Mais comme ces traductions vraies ou prétendues mêlaient toujours la fable à la vérité, l'idée de fiction finit par s'attacher à leur nom même.

néré [1]. Ils s'attachèrent donc aux traditions de leur pays, surtout à celles de l'Angleterre gauloise, riches en légendes poétiques. Geoffroi Gaymar, qui entreprit de les mettre en vers (en 1140 ou peu après), fut suivi de Benoît de Sainte-Maure et de Richard Wace. Ce dernier, qui joignait au savoir d'un homme d'Église un mérite remarquable comme versificateur, composa tour à tour *le Roman de Brut* ou *d'Artus de Bretagne* (en 1155), celui de *Rou* (Rollon) *et des ducs de Normandie* (en 1160), et la *Chronique ascendante* de ces mêmes ducs (vers 1174). Des traditions à demi fabuleuses dominaient déjà dans ces poëmes où l'histoire prenait le caractère d'une longue chanson de geste. Mais l'intérêt épique y manquait encore : car l'épopée populaire, comme le drame, exige l'unité d'action, et la foule ne s'éprend point des tableaux où les figures changent. Aussi les trouvères suivants abandonnèrent-ils les chroniques pour ne s'attacher qu'à des personnages de leur choix. Le roi Artus, dont la tradition faisait le Charlemagne de la race bretonne, les chevaliers de la Table ronde qui étaient ses paladins, devinrent le sujet ordinaire de leurs récits qui retentirent dans tous les pays de langue romane.

La faveur avec laquelle furent accueillies ces histoires galloises s'explique par les éléments dont elles se composaient. L'esprit guerrier n'y régnait pas moins que dans les chansons de geste; mais il était accompagné de sentiments tendres, de fictions merveilleuses,

---

[1] Forligniez sont dont l'en souloit chanter ! — Ils sont dégénérés (ces Français) que l'on avait coutume de chanter, dit Wace, au commencement de sa *Chronique ascendante des ducs de Normandie.*

de traits vifs et enjoués. Le roman de *Tristan*, qui fut traduit le premier, offrait pour ainsi dire le modèle de l'amour chevaleresque tel que l'entendait le génie de l'époque [1]. Un sentiment religieux bizarre, mais ardent, éclatait dans le poème du *Saint-Graal*, dont l'action roulait sur la conquête du vase sacré dont le Christ avait fait usage pour la cène, et où le sang qui coulait de ses plaies avait été recueilli par Joseph d'Arimathie. Les enchantements du sorcier Merlin, les prodiges semés sur la route des guerriers d'Artus et les aventures piquantes, les joyeuses gaberies, les rudes épreuves mêlées à leurs exploits offraient de nouveaux éléments d'intérêt dont la variété doublait le prix.

Les traducteurs anglo-normands avaient puisé ces récits ingénieux, non pas dans les poésies galloises, écrites dans un idiome qui leur était inconnu, mais dans une version latine qu'en avait faite peu de temps avant un religieux indigène (Geoffroy de Monmouth). Ils écrivirent d'abord en prose, « pour ce qu'ils ne sçavoient pas gramment de françois; » mais les meilleurs poètes de France et d'Angleterre ne tardèrent pas à mettre en rimes ces beaux romans, si bien adaptés à l'esprit du moyen âge. Celui qui leur donna la forme la plus élégante fut Chrestien de Troie, trouvère de Philippe d'Alsace, comte de Flandre. On a de ce poète gracieux sept ouvrages qui se rattachent tous au cycle d'Artus et des chevaliers de la Table ronde, et qui paraissent composés de 1170 à 1195.

---

[1] C'est pour ce motif que le traducteur l'avait tiré du latin. Voici ses paroles : « Je Luces, chevaliers et sires du chastel du Gast, *comme chevaliers amoreus* en prens à translater du latin en françois une partie de cette estoire. »

Mais tout en acceptant les traditions que l'Angleterre avait ainsi recueillies, le versificateur y ajoute quelquefois du sien et se complaît à les orner encore. Son imagination aime à se donner libre carrière, et sa hardiesse ne connaît plus de bornes lorsque le fond de l'œuvre lui appartient, comme dans le roman de *Gligès* dont il paraît l'inventeur. Rien de plus vaste et de plus chimérique, malgré la sagesse d'un style simple et gracieux, que cette composition romanesque dont le héros, élevé à la cour du roi breton, obtient l'amour de l'impératrice d'Allemagne et se trouve lui-même l'héritier du trône de Constantinople. Ce n'est plus là le cercle d'idées où se renfermaient les bardes gallois, et ces monstruosités historiques, dont une autre époque se fût effrayée, caractérisent les créations des trouvères du XIIe et du XIIIe siècle. En cherchant à renchérir sur les anciens jongleurs, qui déjà donnaient à Charlemagne des conquêtes fabuleuses, ils agitent le monde entier pour prêter une vaste matière à la valeur des preux. Les croisades leur avaient appris à connaître les splendeurs des pays d'outre-mer qu'ils mêlent volontiers à toute histoire de chevalerie. Ils font voyager leurs héros d'Orient en Occident pour y soutenir ou y renverser des empires, et c'est de ces inventions déréglées que naît une nouvelle classe de romans chevaleresques, ceux qu'on pourrait appeler d'imagination. *Huon de Bordeaux*, descendant chimérique des pairs de Charlemagne, et *Parthonopex de Blois*, contemporain supposé de Clovis, sont les figures les plus remarquables des poëmes de ce genre; les fées et les nains y répandent le merveilleux; Constantinople et Babylone deviennent le théâtre principal de l'action, et si tout y est chevaleresque, rien n'y conserve plus un caractère national. Aussi n'est-ce plus exclusivement à la langue d'oïl, ni même à la France, qu'appartiennent les paladins français sous cette nouvelle forme. L'Italie s'en empare pour les livrer à l'Arioste, tandis qu'en Espagne et en Portugal ils se reproduisent sous des noms différents et donnent naissance au cycle étranger qui a pour héros l'Amadis de Vasco de Lobeyra.

Telles furent les destinées du chant de guerre importé dans la Gaule par les conquérants germaniques : adopté par les populations romanes quand il célébra leurs défenseurs, il se modifia ensuite par le mélange d'éléments bretons et fut enfin transformé en simples fictions poétiques, qui ne réfléchirent plus que des idées générales de gloire, de galanterie et de conquêtes sur les infidèles.

Mais à côté du roman de chevalerie proprement dit, nous trouvons encore une classe particulière de compositions qui s'y rattache par un lien étroit : ce sont des poëmes décorés de noms historiques, qui ont pour héros les capitaines romains et grecs, et pour sujet quelque guerre antique, travestie d'après les idées de l'époque. Il en existe un nombre assez considérable, parmi lesquels un des premiers est l'*Histoire de la prise de Troie,* écrite en 1160 par Benoît de Sainte-Maure, qui se vante de suivre Dictys de Crète, Darès de Phrygie, et « Omers li clers merveillos ! » La nouveauté du sujet, jointe à une certaine élégance de style, assura le succès de cette pâle compilation, qui ne nous intéresse plus que sous le rapport de la forme. Déjà commençait à disparaître la strophe monotone

des anciennes chansons de geste, et le trouvère fait
rimer ses vers deux à deux : c'était aussi la méthode
de Wace, de Chrestien de Troyes et de plusieurs autres
contemporains. Cependant nous ne la voyons point
adoptée par Lambert li Cors (le petit) et Alexandre de
Paris, qui composèrent vers 1180 le fameux roman
d'*Alexandre*. Là règne en effet la stance monorime
primitive, bien que sous d'autres rapports tout l'ouvrage atteste un progrès remarquable de la langue et
de la versification. Aussi donna-t-il son nom au vers
alexandrin, qui n'était pas entièrement inconnu jusque-là, mais qu'on y trouve pour la première fois manié
avec art [1]. Quant au sujet, les auteurs y mêlent, suivant l'usage, la fiction à la vérité, et paraissent puiser
les hauts faits du héros macédonien non pas dans
Quinte-Curce, mais dans le récit fabuleux qu'en
avaient composé les poëtes persans, et qui, traduit en
grec dans le cours du XIᵉ siècle, fut bientôt reproduit
en latin. Telle est aussi la source principale des autres
romans où reparaît Alexandre. Froids et incolores,
tous les ouvrages de ce genre imposaient par la grandeur des hommes et des choses dont ils promettaient
le spectacle à la curiosité avide du lecteur; mais le
temps n'était pas encore venu où l'antiquité devait
reparaître sous une forme fidèle. Chrestien de Troyes
lui-même essaya en vain d'en rajeunir les œuvres. Il
avait traduit quelques morceaux des *Métamorphoses*

---

[1] Il faut remarquer que les syllabes muettes s'y élident à
l'hémistiche, même devant une consonne, tandis qu'elles comp-
tent ordinairement ailleurs :

<pre>
  1   2   3   4   5   6   1   2   3   4   5   6
</pre>
Les eschi*nes* lor tranch*ent*, la bou*cle* et les os.

1.   6

d'Ovide, ainsi que tout son *Art d'aimer;* mais on ne
trouve aucun vestige de ce travail, et nous ne le connaissons que par le peu de mots qu'il en dit dans un
de ses prologues.

Une autre forme que revêtit quelquefois le poëme
chevaleresque fut celle que conserve encore le roman.
Le poëte inventait une action susceptible d'intérêt et
dont l'amour formait le ressort principal : il la développait ensuite dans un récit d'épreuves et d'adversi-
tés que surmontaient miraculeusement la valeur et la
fidélité de ses héros ; un dénoûment triomphal mettait
enfin un juste terme à leurs souffrances et à l'anxiété
du lecteur. On trouve en ce genre quelques productions remarquables. C'est d'abord le roman de *la Vio-
lette,* par Gibert de Montreuil, qui écrivait vers 1220,
mais qui semble avoir suivi une tradition déjà ancienne. Le comte Gérard de Nevers, dont il raconte
l'aventure, croit avoir perdu par l'artifice d'un rival le
cœur de sa fiancée et ses propres domaines. Décou-
vrant la ruse dont il a été la victime, il sauve celle
qu'il avait d'abord voulu tuer et donne la mort au ca-
lomniateur [1]. *Aucassin et Nicolette,* récit dont l'auteur
est inconnu, a pour sujet la tendresse mutuelle d'un
jeune seigneur et d'une serve qui se trouve à la fin
être fille du roi de Carthage. L'ouvrage est en prose,
mais entrecoupé de morceaux lyriques destinés au

---

[1] Un roman provençal un peu moins ancien, celui de *Fla-
menca,* prend également pour héros un comte de Nevers, qu'il
appelle Guillaume, et qui n'est pas plus un personnage historique que Gérard. Mais le troubadour professe une morale plus
relâchée que le trouvère ; car la littérature provençale était déjà
à son déclin.

chant. Une foule de poëmes où les mêmes éléments
sont employés, mais en laissant une part plus large
aux actions de guerre, rattachent ces compositions
romanesques aux cycles précédents. Un des moins
décolorés semble être celui de *Cléomadès*, composé par
le Brabançon Adam ou Adenès, surnommé « li Rois, »
qui paraît en attribuer l'invention à Marie de Brabant, reine de France, et à la comtesse Blanche d'Ar-
tois, sa sœur.[1]

[1] M. A. VAN HASSELT a fait connaître un passage intéressant
de ce poëme inédit dans son *Mémoire sur l'histoire de la poésie
française en Belgique* (mémoire couronné de l'Acad. de Bruxelles, 1837).

APPENDICE.

LES DERNIERS MOMENTS DE ROLAND.

Philippe Mouskes ou Mouskès [1], poëte tournaisien, qu'on avait jusqu'ici confondu avec l'évêque du même nom, mais que M. Dumortier a fait mieux connaître, décrit cette grande scène avec plus de bonheur que l'auteur de la chanson de Roland, quoique son style soit traînant et sa prolixité excessive. Je prends le récit au moment où le héros veut briser son épée, de peur qu'elle ne tombe entre les mains des infidèles :

> Trois fois en la pierre féri
> Et quan k'il put s'en asperi,
> N'onques l'espée ne pot fraindre :
> Et dont le commença à plaindre,
> Quar la pière fendi par mi (*le milieu*)
> Ne l'espée mal ne senti.

[1] La chronique de Philippe Mouskes est une énorme compilation du XIIIe siècle, ordinairement froide et prosaïque : mais il s'y trouve des morceaux dignes d'intérêt.

Ha ! bone espée, digne espée
De saintuaire (*reliques*) envolepée.
Je vous amoie plus que rien...
Qui t'ara mais (*désormais*), ki te tenra,
En estor (*combat*) qui te portera ?
Se mauvais ne traîtres t'a
M'ame (*mon ame*) moult dolante sera !...

Dont regreta-il son ceval :
Cevaus prisiés, cevaus hardis,
Cevaus doutés (*redoutable*), cevaux eslis,
Ki montera jamais sor toi
En bataille ne en tornoi ?
Plus fut un cevaliers séurs (*en sûreté*)
Sor toi qu'en tors (*tour*) à triples murs.
Ha, Vionsantis, ki serviras,
Quant je me muir, que devenras ?

Après regrèta-il son cor :
E ! cors d'ivore, ensigniés (*orné de ciselure*) d'or.
Biaus cors, bons cors et de bon ton
Plains de mélodie par son.
Ki te cornera (*fera sonner*) nul jor mais
Ne pour bataille, ne pour pais ?

Puis recéa (*il cita*) ses compagnons,
Trestous, uns et uns (*un à un*) par lor noms.
Hé ! Olivier, biau dous compaing,
Com je vous duel (*pleure*), com je vous plaing !
Compains, qu'estes-vous devenus ?
Si vous n'estes el ciel là sus,
Don n'i doit nuls jamais entrer
Pour foi et loyauté porter !
Ha ! bons Danois de Danemarce...
Ahi ! Namles, bons chevaliers [1],
Estout, Oedon et Biérengier !...
Uns et uns trestous les nomma
Quar trop durement les aima.

[1] Ogier le Danois (l'Ardennais) et Naimes de Bavière.

Dont sonna-il pour ce son cor,
Se krestiens i fut enkor,
Si enportassent Durandal
Et s'enmenassent son ceval.
Par tel aïr corna Rolans
Que fendus est ses olifans (*cor d'ivoire*)
(Et encor pert (*il est visible*) k'il est fendus
A Blaves où il est pendus...)

Si pria Dieu pour soi avant
Et lu (*pria*) pour tous ceus maintenant
Ki mort estoient avec lui ;
Si pardouna sa mort (*à*) celui
Ki la traïson ot batie (*avait machinée*) ;
A tant l'ame s'en est partie.

CHAPITRE IV.

POÉSIES LÉGÈRES DU XIIe ET DU XIIIe SIÈCLE. — POËMES
DIVERS DE LA MÊME ÉPOQUE.

Premiers essais lyriques des trouvères. — Poëtes de rang élevé.
— Jongleurs, ménestrels et trouvères plébéiens. — Rutebeuf
et Adam de la Halle. — Forme de leurs poésies. — Leur esprit. — Dicts et fabliaux. — Leurs sources. — Leur nature
diverse. — Roman du Renard. — Son origine. — Ses différentes
branches. — La Bible-Guyot. — Son auteur. — Ses tendances. — Origine des mystères. — Des trouvères laïques les
composent. — Le Miracle de Théophile. — Le Jeu de saint
Nicolas. — Le mystère de la Résurrection du Sauveur. —
Pièces profanes. — Jeu de Robin et de Marion. — Roman de
la Rose. — Guillaume de Lorris. — Jean de Meung.

Vers l'époque où s'altèrent et se transforment les
chansons de geste, nous voyons les trouvères essayer
d'autres chants où dominent les mêmes idées que
dans les *cansos* des troubadours. Le seul de ces petits
poëmes qui semble remonter au commencement du
xiie siècle, offre une sorte de récit lyrique assez ana-

logue à nos ballades, mais trop imparfait pour mériter
encore ce nom. C'est un morceau formé de six courtes
stances, presque régulières et terminées par le même
refrain. Il tient pour ainsi dire le milieu entre les compositions provençales au rhythme élégant, et la chanson ou *lied* des vieux Germains étrangement dépourvue d'ornements et d'artifice [1]. Viennent ensuite d'autres pièces de même forme, un peu plus récentes,
dont l'auteur est connu, mais de nom seulement :
c'est un trouvère artésien qui florissait à la fin du
même siècle et se nommait Audefroy le Bâtard. La
mélancolie qui règne dans ses romances leur donne un
genre d'intérêt qu'on retrouve dans les poésies du
Nord. Son langage est parfaitement simple mais non
sans élégance, et il y a de la délicatesse dans sa
pensée, quoiqu'il ne paraisse pas copier les troubadours. Mais autour de lui les chansons des autres
trouvères ont le caractère, la coupe et la couleur de la
canso qui leur sert évidemment de modèle.

　La liste des poëtes présente alors une suite de
noms seigneuriaux : ce sont d'abord Quènes de Béthune (1180) et Raoul de Coucy (1190), chevaliers
artésiens, qui composent quelques stances gracieuses
et naïves, bien que le premier surtout mêle au français naissant des locutions de sa province. Mais on
peut déjà remarquer qu'ils reproduisent habituelle-
ment un petit nombre d'idées favorites [2] dont la répé-
tition rend leurs chants monotones. Ce défaut, qui
leur est commun avec les troubadours, devient d'au-

---

[1] Voy., dans l'*Appendice*, les trois premières stances.
[2] Un des débuts qu'affectionnent les poëtes provençaux, c'est

tant plus sensible que la langue d'oïl se prête moins
à ces artifices de forme et de cadence qui déguisent
quelquefois la stérilité de l'invention. Excusable peut-
être dans les premiers essais, il choque et rebute dans
les compositions suivantes, qui ramènent sans cesse
le même cercle d'idées. Aussi serait-il superflu de citer
d'autres noms de cette époque, excepté celui de Thi-
baut V, comte de Champagne et roi de Navarre, dont
les chansons jouirent d'une longue célébrité (1220 à
1250). Elles n'étaient pourtant guère moins banales
que celles de ses prédécesseurs et des écrivains qui
l'imitèrent lui-même. On dirait que, dès la seconde
génération [1], ces nobles trouvères avaient déjà épuisé
les sujets élégants et les images gracieuses qu'admet-

une allusion au printemps qui ramène les fleurs et les chansons.
La *France littéraire* en cite trois exemples dans les vingt-trois
chansons de Raoul de Coucy.

> Li nouviau temps et mais, et violette.
> Et rossiguol mi sémont de chanter.

> Quant le rossignol jolis
> Chante seur la flor d'esté,
> Que naist la rose et le lis,
> Et la rousée, et vert pré;
> Plains de bonne volonté
> Chanterai. . . . . .

> Quant li esté et la douce saisons
> Fait foille et flors et les prés raverdir,
> Et le dols chans des menus oisillons
> Fait à pluisors de joie sosvenir,
> Las! chacun cante, et je plore et sospir!

[1] Quènes de Béthune avait eu des prédécesseurs et ne représente donc pas rigoureusement la première génération de trou-

taient l'esprit de leur âge, la grossièreté de la langue
et le mélange de courtoisie étudiée, d'ignorance naïve
et de raffinement imparfait qui caractérisait alors toute
leur existence.

Mais si, portant nos regards au-dessous d'eux, nous
descendons au genre de poésies qui n'émane point des
châteaux, mais dont les auteurs obscurs appartiennent
au peuple et vivent dans sa sphère, là nous retrouve-
rons encore l'inspiration et l'originalité. En effet, le
XIIIᵉ siècle nous montre des chanteurs plébéiens appelés encore quelquefois jongleurs, et qui pratiquaient
en effet l'ancienne jonglerie, à l'exception tout au plus
de ses tours d'adresse. La plupart, dont le savoir consiste dans le chant même, prennent le nom de mènes-
trels ou musiciens; les autres, doués du talent de
composer, s'intitulent aussi trouvères. Tous mènent
une vie précaire et aventureuse, et, à moins qu'ils ne
trouvent quelque seigneur qui les prenne à ses gages,
nous les voyons souvent subsister des dons incertains
qu'ils recueillent, passant de l'abondance à la misère,
de la faveur ou de la popularité à l'abandon et à l'oubli.
Tels sont les vrais poètes lyriques de cette époque,
classe intelligente et ingénieuse, qui n'affecte point
d'élégance factice, qui exprime librement ses pensées
joyeuses ou sombres, ses affections ou sa colère, son
mépris ou son admiration, sans s'astreindre à un choix
d'expressions ni à une distinction de pensées que ne
comportaient encore ni l'état des idées ni celui du langage. On leur doit une quantité de petites composi-

vères : mais ses prédécesseurs sont perdus pour nous, excepté
Hugue d'Oisy, qu'il appelle son maître et dont nous citerons un
passage dans l'*Appendice*, nº 2.

tions intitulées *rotruenges, ballades, chansons, dicts,
bergerettes, pastourelles, rondeaux, saluts, complaintes, romances, fabliaux, satires, serventois*, etc. [1], qui
représentent presque seules pendant deux siècles
l'élément populaire de la littérature en France.

On ne saurait presque rien des auteurs de ce genre
d'ouvrages, si quelques-uns ne parlaient d'eux-mêmes
dans leurs vers. Les plus remarquables sont le Parisien Rutebeuf, qui vivait sous le règne de saint
Louis (vers 1270), et son contemporain Adam de la
Halle, d'Arras. Tous deux menèrent une existence
orageuse : Adam, jeté de profession en profession et
de pays en pays; Rutebeuf, livré à la passion du jeu
qui le plongea dans un abîme de misères. Aussi ont-ils
dans le cœur un fonds d'amertume qui en déborde ai-
sément, et à leur gaieté même se mêle déjà l'esprit
toujours frondeur des chansonniers. Rutebeuf surtout
ne voit dans la société que désordre et corruption; il
fait une guerre acharnée aux ordres monastiques, et
raille le roi lui-même, son généreux protecteur, de
favoriser un couvent de béguines [2]. Mais la piété de ce
railleur impitoyable n'en est pas moins vive : il prêche
hautement la croisade [3], chante la vie des saints, et

---

[1] Cette énumération est empruntée à M. Achille Jubinal : il
eût été d'autant plus inutile de chercher à la rendre complète
qu'on ne connaît pas de bornes certaines à chaque genre.

[2]   Mais n'en dites se bien non,
                  Li Rois no sofferroit mie.

Ajoutons cependant que le *dict des Béguines* n'a point la violence et l'âcreté des autres attaques du trouvère contre les religieux. C'est, parmi ses morceaux satiriques, le plus fin et le
mieux tourné.

[3] Legrand d'Aussi avait cru le contraire; mais le doute n'est

enrichit le théâtre d'alors d'un *miracle* qui « fait signer
autant de têtes que la lecture de l'Évangile. » Inca-
pable de se corriger, lui qui censure aigrement les
autres, mais sincère dans ses aveux; cynique quand
il se joue, mais sublime quand il s'exalte; à la fois
lâche et fier en face de la pauvreté, il offre partout ces
contrastes de bien et de mal qui font la force et la faiblesse des hommes d'entraînement. Mais quoique les
mêmes traits se reproduisent jusqu'à un certain point
chez la plupart des poëtes de cette classe, il s'en trouve
pourtant que des penchants moins dangereux portent
à n'aspirer qu'au bien-être. Recueillir force deniers
pour prix de ses chants, rentrer au logis bien vêtu et
y trouver un bon repas, voilà le rêve du ménestrel,
tel que nous le décrit naïvement Colin Muset (vers
l'an 1300). Sa vielle l'enrichit en effet, et ses chansons, vides de pensées, n'atteignirent pas moins leur
but.

Parmi les compositions de ces trouvères, celles qui
ont la forme lyrique présentent des rhythmes aussi
variés que les poésies provençales. La coupe et les
paroles semblent mesurées sur l'air, qui était sans
doute emprunté quelquefois aux troubadours. Elles
reproduisent avec plus de naïveté que de délicatesse
les idées tendres, qu'elles savent pourtant rendre gracieuses dans la pastourelle ou chanson pastorale, le
salut ou épître galante, et quelquefois dans le lai,
genre de ballades simple et sans ornements. Mais

plus possible depuis que M. Jubinal a réuni en deux volumes
toutes les productions connues de Rutebeuf. Sa pensée n'y varie
jamais.

l'esprit de satire y est le plus général. Il mêle sa malice à la gaieté de la chanson qui devient mordante, et dont Rutebeuf, dans ses attaques contre les couvents, fait presque une arme politique [1]. Le sarcasme se cache sous le sourire dans le *serventois* (le sirvente des Provençaux); et les *tensons* ou *jeux-partis,* où les troubadours débattaient quelque question délicate, se changent, dans le Nord, en dialogues railleurs et bouffons [2].

Mais le trouvère plébéien ne se borne pas à chanter; il conte et c'est là son triomphe. Le dict et le fabliau, plus tard le conte et la nouvelle, narrations joyeuses, piquantes, quelquefois allégoriques, égayent ses auditeurs prompts à en saisir les finesses. Malheureusement le poëte ne se contente guère de déployer ainsi un enjouement moqueur; il veut souvent amuser la foule par des tableaux plus grossiers où la crudité des expressions répond au cynisme de la pensée. La plupart des fabliaux roulent sur quelque aventure galante, et le fond en est emprunté aux

---

[1] Sa chanson des Ordres a toute la violence du pamphlet : c'est un appel au peuple qu'exprime le refrain :

> Papelard et béguin
> Ont le siècle honi.

Il y joint déjà des menaces pour l'avenir :

> Tel vens porra venter
> Qu'il n'ira mie ainsi.

[2] On croit qu'un certain nombre de ces jeux-partis formaient des scènes comiques qui se jouaient par les jongleurs. Il en existe en effet qui ressemblent à des intermèdes grotesques, comme la Querelle des deux trouvères, celle des deux barbiers, etc.

4.   7

vieux jongleurs, comme le prouve leur ressemblance
avec les contes italiens du même âge (car ceux de
Provence, quoique d'abord également populaires, ne
se sont pas conservés). Parfois des contrées lointai-
nes, la Perse ou même l'Inde, ont été le berceau du
récit qui de l'Orient a passé en Grèce, et de Grèce
en France [1]. Mais les trouvères ont aussi leurs narrations propres et leurs dicts originaux, soit qu'ils
répètent des anecdotes locales, soit qu'ils en inventent
qui portent le cachet du temps et du pays. Ils puisent
aussi à pleines mains dans quelques recueils d'histo-
riettes morales ou édifiantes qui avaient été composés
dans les cloîtres, et à côté de fabliaux qui expliquent
les flétrissures que l'Église imprimait à la jonglerie,
nous en apercevons qui respirent une dévotion naïve
et enthousiaste.

Ces diverses directions de la pensée poétique, souvent mêlées et confuses dans les compositions qui
trouvèrent peu d'écho, viennent se réfléchir plus vivement dans celles qui atteignirent à la popularité :
l'esprit de satire dans le Roman du Renard et dans
la Bible-Guyot : l'esprit de dévotion dans les miracles
et les mystères ; l'esprit de galanterie dans le Jeu de
Robin et Marion et dans le Roman de la Rose. C'est là
que le génie de cette littérature naissante mérite surtout de fixer notre attention.

[1] Tel est le roman autrefois fameux de *Dolopathos,* où une
série de contes se trouve encadrée dans un premier récit qui en
reçoit tout son intérêt (à peu près comme dans les *Mille et une
Nuits*). Le nom grec que le livre a conservé indique par où il
était entré en Europe. Mais on croit que les Grecs l'avaient puisé
dans la Perse, et les Persans dans l'Inde.

Le Roman du Renard est un récit fantastique où des animaux parlants viennent représenter des scènes qui touchent à la vie réelle et qui tiennent à la fois du fabliau et de l'apologue [1]. La ruse y est personnifiée par le renard, la force brutale par le loup, la royauté elle-même par le lion. L'idée des différents caractères prêtés à ces animaux, et des rôles humains que leur assignait l'imagination du poëte, paraît remonter aux temps barbares; mais le cycle fabuleux dans lequel nous les voyons figurer date du moyen âge et doit être originaire du pays flamand. En effet, tous les noms des acteurs ont d'abord un caractère germanique, et c'est dans les environs de Gand que nous transportent les indications de localité qu'offrent les plus anciens textes connus. Mais à ces textes latins, écrits au commencement et au milieu du XII° siècle, succédèrent bientôt des versions romanes où les personnages de la fable étaient pour ainsi dire francisés. Au vieux lion Rufanus, « fils d'un père hongrois et d'une mère suève, » succéda le roi Noble; au coq Sprotin, Chanteclair; à la tanière du renard, le château de Maupertuis [2]. Les trouvères s'étaient donc emparés de

---

[1] Plusieurs apologues inconnus à l'antiquité apparaissent dans la littérature du moyen âge à côté de ceux d'Ésope et de Phèdre (ces derniers avaient été mis en prose par un écrivain du nom de Romulus). Mais on ne découvre aucun ancien recueil de ces fables en langue d'oil. Marie de France (ainsi nommée parce qu'elle était Française quoiqu'elle écrivît en Angleterre) fut la première qui, au XIII° siècle, en donna une traduction romane d'après un texte anglais. Cette traduction naïve n'est pas dénuée de finesse et de grâce. On en fit d'autres au XIV° siècle d'après le latin.

[2] Voici pourtant un trait tout local et purement gantois qui

la fiction primitive pour la naturaliser en quelque
sorte dans leur langue et dans leur pays. On a réuni
plus de trente *branches* ou poëmes séparés sur les
aventures du renard français, et il y en a de presque
aussi anciennes que les compositions latines déjà
citées. Dans plusieurs de ces morceaux, le renard devient dupe de sa propre ruse, au lieu de triompher
constamment comme dans l'œuvre originale. On dirait
que le poëte s'indigne du succès de ce héros pervers
qui « *nos senefie — Ceus qui sont plain de felonie.* »
Mais le plus souvent la donnée première est mieux
conservée, et les artifices du renard mettent en défaut
la fureur du loup qu'il a offensé, la défiance des barons du règne animal qui ont tous à se plaindre de
lui, et la puissance de leur roi qui se laisse jouer par
ce maître trompeur. Si quelques branches offrent des
images grossières, rendues dans un langage qui brave
l'honnêteté, d'autres en revanche sont pleines de traits
ingénieux et laissent parfois entrevoir comme un ré-
flet de l'apologue antique. Rien n'est plus naturelle-
ment raconté que les scènes de caractère où le loup et
le renard tâchent en vain de revenir à bonne vie après
s'être fait recevoir novices : le trouvère semble presque avoir deviné la manière de la Fontaine.

Bien moins remarquable comme œuvre poétique que

se retrouve dans la onzième branche du Renard français rimée
par Pierre de Saint-Cloud. Le lion dit, au vers 5673 :

> Je conois bien Renart à tel
> Que nel' féist por *le chastel*
> *L'empereor Otovien.*

C'est le fameux château d'Othon, bâti pour menacer la ville de
Gand.

comme pamphlet, la Bible-Guyot, dont le titre semblerait annoncer un ouvrage religieux, n'est qu'une satire
violente contre les sommités sociales de l'époque, les
princes, le haut clergé, les ordres monastiques et ceux
qu'une science vraie ou fausse mettait en crédit, les
gens de loi, les médecins, les astrologues. Guyot de
Provins, qui écrivait vers l'an 1200, avait été ménestrel, et s'était rendu en cette qualité au couronnement
du roi des Romains où son talent lui avait valu les riches dons de plus de cent seigneurs allemands. Moins
satisfait de la générosité des grands après son retour
dans sa patrie, il embrassa la vie monastique et portait « les noirs draps » à Cluny depuis douze ans
quand il commença son poëme. Quant au titre de
Bible qu'il lui donna, c'était peut-être pour le faire va-
loir comme livre de morale ; car il se proposait, dit-il,
de « molt reprendre le siècle puant et orrible. » Et ce
n'est pas en effet l'amertume ni l'audace qui lui manquent. Suivant lui, les rois et les seigneurs sont dégénérés, il ne tiennent plus grandss cours et nobles palais, et à leur exemple, « li riche sont li plus chiche. »
Il n'est guère plus content du pape, et moins encore
de la cour de Rome. Il maltraite les abbés, sans craindre que ses supérieurs ne s'en offensent ; et il se moque
de la folie des templiers qui « trop se combattent fiè-
rement. » Ajoutez des accusations plus véhémentes
que raisonnées contre les autres classes dont il parle,
et vous aurez le fond d'un livre qui obtint la faveur
publique sous Philippe-Auguste. C'est que la hardiesse
des plaintes de l'ancien ménestrel donnait à sa mauvaise humeur l'apparence de la plus populaire des
vertus, la franchise.

7.

Mais ces satires de la société et du pouvoir n'atteignaient pas (au moins dans la pensée des auteurs) la
religion elle-même. Nous avons déjà vu que le trouvère dont les refrains étaient les plus mordants composait ensuite avec la même ardeur des chants pieux,
et parmi cette classe de productions le premier rang
appartient aux *miracles* et aux *mystères*. On appelait
ainsi des poëmes de forme dramatique dont le sujet
était emprunté à quelque légende (les miracles) ou
même aux livres saints (les mystères). Des recherches
assez récentes en ont fait entrevoir l'origine. A côté
de quelques parties de l'office divin qui se traduisaient
au peuple, il y avait eu très-anciennement des cantiques chantés en chœur à de certains jours, comme
ceux qui conservèrent le nom de *noëls*. Dès les derniers temps de l'empire romain, ces chants avaient été
accompagnés parfois de quelque appareil de nature à
frapper les yeux, et dont nous voyons même l'abus
blâmé par des conciles. Mais le but religieux de ce
vieil usage le fit tolérer, au moins dans les contrées
méridionales, ainsi que le prouve une loi espagnole
du XIIIe siècle, qui permet « aux clercs » certaines représentations « comme celle de la naissance de Notre-
Seigneur annoncée aux bergers par un ange, ou quand
on expose l'Adoration des rois mages ; le Crucifiement
du Sauveur et sa Résurrection au troisième jour : car
de tels spectacles excitent l'homme à bien faire et raf-
fermissent sa foi [1]. » Tout porte à croire que ces représentations offraient une extrême simplicité, au moins
quand elles avaient lieu dans l'intérieur même de

---

[1] *Journal des Savants*, 1836, p. 367.

l'église, comme il semble qu'on en retrouve des exemples : c'étaient moins des scènes dramatiques que des tableaux vivants, destinés à graver un souvenir religieux dans la mémoire des peuples. Il existe encore un mystère écrit peu après l'an 1000 (*les Vierges sages et folles*) qui n'est pour ainsi dire qu'un cantique dialogué en latin et en provençal, reproduisant la parabole du Christ et dont la représentation n'exigeait presque aucun appareil profane. On conçoit donc qu'à une époque où le sentiment des convenances n'était guère développé, le clergé prit la direction de ce spectacle naïf et pieux, comme le faisait en Orient l'Église grecque. Quelques savants ont même avancé que la série des drames chrétiens s'était continuée sans interruption depuis le ive siècle jusqu'au milieu du moyen âge.

Mais aussi longtemps que ce furent les clercs qui se chargèrent de la composition et de la représentation de ces pièces édifiantes, l'élément dramatique n'en fut sans doute que la partie accessoire. Elles étaient quelquefois écrites en latin, et lors même qu'elles empruntaient l'idiome roman, la pensée théologique y dominait encore, la question d'art n'ayant pour l'auteur lui-même qu'une importance secondaire. Aussi les miracles ne semblent-ils prendre véritablement place dans la littérature romane, qu'au moment où les trouvères s'emparent pour ainsi dire de ces sujets sacrés, révolution que nous trouvons accomplie dès l'an 1200. Alors en effet Rutebeuf écrit le *Miracle de Théophile,* et Jehan Bodel *le Jeu de Saint Nicolas,* et la Résurrection même du Sauveur se représente sur la place publique.

Le premier des ouvrages que nous venons de citer est le seul qui conserve un caractère à la fois simple et grave. Théophile, après avoir vendu son âme à Satan, est sauvé par l'intervention de la Vierge qui, touchée de sa prière, lui rend l'acte qui le liait à l'esprit du mal : telles sont la légende et la pièce. Les personnages, quoique assez nombreux, ne figurent guère à plus de deux dans la même scène, et rien n'exige qu'ils se groupent sur un théâtre. A la rigueur même aucune décoration n'est nécessaire. Le mérite de l'ouvrage est dans le style qui, d'abord inégal, s'élève à mesure que l'action se déroule, et atteint bientôt à une hauteur alors peu commune. Les strophes que Théophile adresse à la Vierge pour réclamer sa protection expriment si vivement la douleur qui l'accable, la piété qui s'est réveillée en lui et le dernier rayon d'espoir qui s'offre encore à son âme abattue, que nous pouvons nous-mêmes comprendre les larmes qu'elles faisaient couler [1].

Ce n'est pas un but aussi élevé que se propose Jehan Bodel, dans *le Jeu de saint Nicolas*, et le nom même de

---

[1] Ce sont neuf strophes de douze vers, dont chacune n'admet que deux rimes six fois répétées. Elles offrent des passages charmants :

Dame de charité
Qui par humilité
Portas nostre salu ;
Qui toz nos a geté
De deul et de vilté
Et d'enferne palu ;
Dame, je te salu !...

Si com en la verrière
Entre et reva arrière
Li solaus que n'entame
(*Le soleil sans l'entamer*)
Ainsi fus vierge entière
Quant Diex, qui es ciex ière,
(*Qui est au ciel*)
Fist de toi mère et dame.

Jeu annonce une composition d'un genre plus léger. Il s'agit d'une statue de saint Nicolas qui, tombée entre les mains des mahométans, n'en fait pas moins reconnaître son efficacité par un miracle. L'auteur y a prodigué les détails bouffons jusqu'à tomber quelquefois dans la bassesse; mais il prête d'assez nobles paroles aux croisés qu'il fait mourir sur le champ de bataille, et la variété qu'il jette dans la représentation indique déjà une certaine entente de la scène dont Rutebeuf est plus dépourvu. Aussi Arras avait-il devancé le reste de la France dans ces vieux essais de l'art dramatique.

L'appareil théâtral et l'habileté de la composition deviennent bien plus frappants encore dans les fragments qui nous restent du mystère de *la résurrection du Sauveur*, quoique la date en paraisse un peu plus ancienne (1220?). La mise en scène à elle seule indique l'étendue de la conception. C'est en effet sur un vaste échafaudage établi en plein marché que la représentation doit avoir lieu; et un passage du prologue dit assez clairement que toute la population y assistera. L'ordonnateur commence par choisir le point où sera plantée la croix, et celui où s'élèvera la grotte du sépulcre. Une prison doit se trouver plus loin; « contre les maisons du côté opposé » sera mis l'enfer, et au fond le ciel. Il faudra réserver un endroit pour représenter la Galilée, un autre pour la ville d'Emmaüs. En outre, les gradins offriront place à six groupes de personnages : Pilate avec six ou sept chevaliers ses vassaux; Caïphe et les Israélites; Joseph d'Arimathie et messire Nicodème, chacun avec les siens; puis les disciples du Christ, et enfin les trois Maries. Mais tout

en faisant agir et se mouvoir un nombre si considérable de figures, l'auteur parait avoir senti le besoin
de rendre son poëme indépendant des conditions théâ-
trales qu'il venait d'exposer. Il comprenait sans doute
que cet appareil immense ferait presque toujours défaut même à la piété de ses contemporains, et qu'on
se bornerait souvent à lire son mystère sans le représenter. Il a donc eu soin de raconter en vers, dans
l'intervalle des scènes, ce que fait chaque personnage,
de manière à ce que ces courtes indications puissent
guider l'acteur ou le remplacer au besoin. Et qu'on
ne suppose pas que l'ouvrage ne puisse supporter
l'épreuve de la lecture ! la pensée du poëte s'est si bien
mise en harmonie avec le sujet, que ses personnages,
toujours naturels, ne tombent jamais au-dessous de
la dignité de leur rôle.

Ce fut donc un développement rapide et soutenu
que celui du drame religieux au XIIIᵉ siècle. Mais il
ne suffisait pas à toutes les inspirations du trouvère,
ni à toutes les tendances de cette foule qui se rassem-
blait pour l'écouter. Aussi apercevons-nous des *jeux*
de plus d'un genre sur la scène qui vient de s'ouvrir.
Les idées d'amour et de galanterie qui régnaient dans
les chansons viennent à leur tour l'occuper, mais avec
plus de grâce et de ménagement qu'on ne pourrait s'y
attendre. Depuis longtemps les pastourelles des troubadours, qui s'étaient aussi reproduites dans le Nord,
avaient pour sujet ordinaire la rencontre du poëte et
d'une bergère, déjà fiancée à quelque paysan. Quand
l'auteur se trouvait d'humeur fanfaronne (et c'était le
cas le plus commun), il s'attribuait l'avantage sur ce
rival rustique et prétendait l'avoir fait oublier ; quand

il était plus modeste, il avouait que le vilain et son
bâton étaient dangereux à braver au coin des bois.
Telles sont les images que reproduisit Adam de la
Halle dans *le Jeu de Robin et Marion*, le plus estimé
de tous ceux de cette époque. Sans y faire un héros
du berger, qui se laisse choir au premier coup de la
pesante épée du gentilhomme, le poëte lui conserve
sa fiancée qui refuse de le trahir, et aucune pensée
grossière ne vient flétrir la fraîcheur de ce petit tableau qui devait jouir d'une longue célébrité [1]. Il ré-
sumait en quelque sorte tout ce qu'il y avait de populaire dans les conceptions de la poésie galante.

À côté des scènes pastorales où la passion empruntait
ce caractère naïf, vient se placer un poëme allégorique
dont le succès ne fut pas moins grand ; c'est le Roman
de la Rose, commencé vers l'an 1260, par Guillaume
de Lorris, et terminé quarante ans plus tard par Jean
de Meung. Le premier de ces auteurs, qui ne nous est
connu que par son ouvrage, raconte un rêve où lui est
apparu dans un jardin enchanté un rosier chargé de
fleurs. Il en admire une, et aussitôt Amour lui décoche
une flèche. Depuis ce moment, malgré les conseils de
Raison, « dame de haulte garde que Dieu fit à sa semblance, » il ne songe plus qu'à la fleur de son choix,
et le reste de son récit nous le montre luttant contre
Danger, Honte, Jalousie et d'autres ennemis de même

---

[1] Adam de la Halle donne même, par la bouche de Robin, une
leçon de convenances à des trouvères moins scrupuleux que lui.
Un des acteurs veut célébrer ce jour de fête par une chanson et
entame un fabliau indécent ; mais le berger l'arrête au premier
vers en s'écriant : « Fi ! vous estes uns *ors menestreus* (un ménestrel cynique). »

nature. Toute cette partie du roman, composée de
quatre mille vers, n'est donc qu'une fiction galante,
qui se distingue surtout par une certaine élégance
dans les images et par le charme du style[1]. Mais Jean
de Meung, qui prolongea en dix-huit mille autres vers
l'allégorie déjà un peu diffuse de son prédécesseur, lui
donna un nouveau caractère. Il se complut à y faire
entrer tout ce qu'embrassait la pensée de l'époque, les
questions morales et politiques, scientifiques et religieuses, les récits guerriers, les railleries acerbes et
parfois une galanterie moins abstraite que celle du bon
Guillaume de Lorris. Boiteux, comme l'indique son
surnom de Clopinel, il avait probablement consacré à
l'étude les belles années que d'autres trouvères dissi-
paient dans les plaisirs, et on l'a même supposé doc-
teur en théologie. Aussi emprunte-t-il de grandes
maximes et de nobles histoires à Platon, à Tulle (Cicéron) et à Tite-Live. Mais un esprit frondeur se cache
sous sa morale relâchée, et il hasarde, en se jouant,
des théories d'autant plus dangereuses que c'est au
nom de la nature qu'il brave les idées sociales. Plein
de jeunesse et d'audace, sa verve satirique égale celle
de Rutebeuf, et elle s'attaque à tout ce que déchirait
Guyot de Provins, sans montrer même grand respect
pour la royauté[2]. C'est encore là le jongleur cher au
peuple ; mais ce jongleur, qui n'est plus ignorant, se
ferait déjà craindre si Philippe le Bel et ses conseillers
ne riaient avec lui de ses folles hardiesses. Un siècle
et demi plus tard, il excitait l'indignation et les alarmes

---

[1] Voir l'*Appendice*, n° 3.
[2] *Ibid.*, n° 4.

de l'illustre Jean Gerson, qui appelait les foudres de l'Église sur le Roman de la Rose, toujours en faveur, et peut-être plus malfaisant alors qu'autrefois; car les principes répandus au sein d'une société encore jeune ne produisent qu'avec le temps leur bon ou leur mauvais effet. Les hardiesses de Jean de Meung, plutôt que le charme de sa poésie, l'avaient rendu cher à la cour, et nous le voyons encore goûté par Marot, sous le règne de François Ier.

APPENDICE.

Nº 1. — CHANSON DE LA BELLE EREMBORS.

Quant vient en mai, que l'on dit as lons jors,
Que Frans de France repairent de roi cort,
Raynaut repairt devant, el premier front.
Si s'en passa lez le meis Arembor,
Ainz n'en dengna le chief drécier à mont.
     E Raynaut, amis !

(Quand c'est en mai, qu'on appelle aux longs jours, — Que Francs de France quittent du roi la cour, — Au premier rang s'en va devant Renaud. — Il passe au pied de l'hôtel d'Arembourg, — Mais n'a daigné lever la tête en haut. — Eh ! Renaud ! ami !)

Bele Erembors à la fenestre, au jor,
Sor ses genoz tient paile de color ;
Voit Frans de France qui repairent de cort,
Et voit Raynaut devant, el premier front.
En haut parole, si a dit sa raison.
     E Raynaut, amis !

(Belle Érembourg à la fenêtre, au jour, — Sur ses genoux tient un tissu brillant, — Voit Francs de France qui retournent de cour — Et voit Renaud devant, au premier rang ; — Lors parle et dit ses raisons hautement. — Eh ! Renaud ! ami !)

Ami Raynaut, j'ai ja véu cel jor,
Se passisoiz selon mon père tor,
Dolanz fussiez se ne parlasse à vos. —
— Ja 'lmesfaistes, fille d'emperéor.
Autrui amastes, si obliastes nos.
    E Raynaut, amis !

(*Ami Renaud, j'ai vu jadis le jour — Où si passiez au pied de cette tour, — Auriez été triste et plein de douleur, si je n'avais daigné parler à vous ! — Vous fites mal, fille de l'empereur, — Avez aimé un autre, oublié nous. — Eh ! Renaud ! ami !*)

Nº 2. — VARIÉTÉ DU RHYTHME DANS LES CHANSONS DES
TROUVÈRES.

Il suffira d'en citer un seul exemple. C'est une strophe du *Tournoi des Dames,* petit poëme de Hugues d'Oisy, dont les stances sont trop inégales pour qu'on puisse en attribuer la coupe aux exigences de l'air sur lequel il se trouvait.

Une route vint de la alarron
Amisse à la fourclose vait environ
Et sa lance pécoïa ea blazon
  Lille crie or lom alom !
  Tost à frains eles s'en vont ;
  La contesse de Clermont
  A férue d'un tronçon.
    Emmi le front
    Qu'en un roion
    Couchiée l'a.
Climence fiert d'un baton
  Et sans raison
  Biairsart cria.

Toutes desconfites sont,
Fuiant s'en vont,
Nulle del mont
Ni demora.
Quant Bouloigne rescria,

Ide au cors ouvré
Première recouvra.
Au trespas d'un fossé
Contesse au fraim prise a
Dex aïe! a crié.

A voir cette forme étudiée d'une chanson qui n'a rien que de frivole, on croirait que l'art des trouvères était déjà étrangement raffiné; mais au contraire cet art ne faisait que de naître, et voilà pourquoi Hugues d'Oisy se conforme à l'exemple que lui offrent les troubadours. Plus tard, au contraire, la mesure se simplifie et la stance devient presque monotone; c'est que les poëtes ont cessé de suivre pas à pas la muse provençale.

N° 5. — DESCRIPTION DU PRINTEMPS,

PAR GUILLAUME DE LORRIS.

Ce sujet, que les poëtes antérieurs avaient si fréquemment traité, offrira le point de comparaison le plus sûr entre eux et l'auteur du Roman de la Rose.

Il n'y a ne buissons ne haye
Qui en celluy temps ne s'esgaye,
Et en may parer ne se vueille
Et couvrir de nouvelle fueille.

Les boys recouvrent leur verdure
Qui sont secz tant que l'iver dure,
La terre mesme s'enorgouille
Pour la rosée qui la mouille
Et oublie la povreté
Où elle a tout l'iver esté.
Lors devient la terre si gobe (*glorieuse*)
Qu'elle veut avoir neufve robe,
Si scet si cointe robe faire
Que de couleurs y a cent paire
D'erbes et de fleurs...
Les oiseaulx qui tant se sont teuz
Pour l'iver qu'ils ont tous sentuz
Et pour le froit et divers temps
Sont en may et par le printemps
Si joyeux qu'ils montent en chant.

————

Nº 4. — L'INDISCRÉTION DES FEMMES.

PAR JEAN DE MEUNG.

Il serait difficile de choisir parmi les digressions satiriques de ce poëte un morceau exempt d'inconve-
nances. Nous nous bornons donc à reproduire une de
ses sorties les plus modérées; encore l'abrégeons-
nous :

.. Quiconque dit à sa femme
Ses secrets, il en fait sa dame.
Nul homs qui soit de mère né,
(S'il n'est yvres ou forsené)
Ne doit à femme réveler
Nulle riens qui face (*soit*) à celer,
Se d'aultruy ne le veut ouyr.
Mieux vauldroit du pays fouyr,

8.

Que dire à femme chose à taire,
Tant soit loyale ou débonnaire
Pour nulle riens ne s'en tairoit ;
A son advis morte seroit
S'il ne lui sailloit de la bouche,
S'il y a péril ou reprouche...
Qui se fie en femme, il se pert !
Il met en tel péril sa vie
(S'il a mort du fait desservie)
Que par le col le fera pendre,
Si le juge le peuvent prendre.

CHAPITRE V.

PRODUCTIONS DU XIVe ET DU XVe SIÈCLE.

Décadence de la poésie pendant cette période. — La chronique.
— Son origine et son caractère. — Villehardoin. — Joinville.
— Froissart. — Sources où sont puisés ses récits. — Leur ensemble et leur vérité. — Indifférence du chroniqueur pour les
intérêts moraux. — Son intelligence et son talent d'écrivain.
— Influence de l'époque sur les autres chroniqueurs. — Leur
infériorité. — Philippe de Commines. — Ce qu'il faut penser
de son caractère. — Son talent d'écrivain et sa supériorité politique. — Poëtes remarquables de ces deux siècles. — Dicts
et rondeaux de Froissart. — Formes resserrées des compositions lyriques. — Charles d'Orléans et ses ouvrages. — François Villon. — Caractère de ses écrits. — Leur mérite. —
Productions grossières du même temps. — Progrès du langage
et influence d'écrivains aujourd'hui presque oubliés. — Alain
Chartier tenu en grand honneur. — Ses titres véritables.

Si quelque développement de la pensée et de l'art
se manifeste dans les productions des trouvères depuis Philippe-Auguste jusqu'à Philippe le Bel, le pro-
rès se ralentit pendant l'âge suivant, qui fut celui des

grandes luttes contre l'Angleterre. A peine vit-on pendant cette seconde époque un petit nombre d'auteurs lyriques perfectionner la chanson, la ballade et le rondeau; les compositions de quelque importance n'offrirent plus que rarement la vigueur des premiers essais; et soit que le malheur des temps eût répandu un nuage sur les esprits, soit que la verve épuisée des poëtes ne pût redevenir féconde qu'après de nouvelles conquêtes de la science et de la civilisation, les trouvères s'éteignirent sans être remplacés.

Mais le poëme du xive siècle, ce fut la chronique, nom qui a repris de notre temps sa juste valeur et la place qui lui est due. Pendant les époques barbares du moyen âge, des annales latines composées dans les couvents avaient conservé la mention des faits remarquables, en les plaçant suivant leur date. Les annales, appelées *chroniques,* parce qu'elles suivaient l'ordre des temps, devinrent peu à peu moins incolores, et il en est, mais surtout en Angleterre et en Allemagne, qui offrent un grand intérêt. Cependant elles n'étaient point écrites pour émouvoir ou charmer les masses; et sous ce rapport elles sont plutôt des documents historiques que des monuments littéraires. Il en est de même de celles qui, rédigées ensuite dans les langues vivantes, n'ont aussi pour objet que de marquer l'existence des événements. Mais quand le spectacle des grandes scènes historiques a frappé l'esprit d'un écrivain, et que, sans s'élever assez haut pour dominer les faits comme l'historien véritable, il s'est déjà trouvé assez de génie pour en retracer l'image vivante d'après les souvenirs imprimés dans sa mémoire, alors son ouvrage, quelque nom qu'il lui ait donné, appartient à la littérature comme tableau des temps où il a vécu et qu'il retrace d'un pinceau fidèle. Telle est la gloire du chroniqueur, poëte qui a mis son inspiration ou son art au service de la vérité.

De la chanson de geste à l'histoire ainsi conçue, il y a peu d'intervalle. Aussi les chroniques rimées furent-elles nombreuses. Il en existait dès le xIIIe siècle; mais en général elles n'ont d'intérêt que pour la science qui peut y glaner. Au contraire, un écrivain dont la prose barbare remonte à l'an 1207 et n'est plus très-facile à comprendre, Geoffroy de Villehardoin, maréchal de Champagne, garde son rang à la tête des chroniqueurs. Son histoire de la conquête de Constantinople raconte des faits si grands par eux-mêmes et des scènes si merveilleuses pour lui, qu'aucun trait ne s'en est effacé de sa mémoire ni perdu sous sa plume. Soit qu'il négocie avec les Vénitiens, les priant au nom de Dieu de ne pas vendre trop cher le passage aux croisés ; soit qu'il arrive devant les hautes murailles de Constantinople et qu'il sente frémir son cœur à cette vue; soit enfin qu'il nous conduise dans le conseil des barons latins et qu'il nous les montre imposant aux princes grecs, avant aucun autre pacte, leur soumission à l'Église romaine, partout il s'empare si bien de l'imagination du lecteur, qu'il ne lui manque, probablement pour plaire encore à notre âge, que d'avoir écrit dans un idiome moins imparfait.

De Villehardoin à Joinville, l'historien de saint Louis [1], il ne s'écoula qu'un siècle; mais ce siècle suffit

---

[1] Jean, sire de Joinville, sénéchal de Champagne, écrivit l'histoire de saint Louis à la demande de Louis le Hutin, roi de

pour épurer considérablement la langue, et quiconque a parcouru un petit nombre de vieux auteurs peut comprendre Joinville. Distingué de bonne heure par le pieux monarque « pour son sens subtil, » bien que sa jeunesse le rendît quelquefois un peu léger (*hastis musarz*, hâtif, étourdi), il l'avait accompagné pendant six ans « au pèlerinage d'outre-mer, » et il raconte dans son livre ce qu'il a vu et entendu de ses grands faits et de ses sages paroles. Son style est naïf, aisé, peut-être même assez peu correct, et toutefois plein de ces traits gracieux ou brillants où rayonne l'imagination poétique. Il se met en scène à côté du roi, mais comme un fils à côté de son père, et loin que ce rapprochement nuise à l'effet du tableau, il vient y répandre la vie et le mouvement, dont le récit des faits serait encore un peu dépourvu sans les souvenirs personnels qui le raniment. Il semble même que les traits antiques de saint Louis ressortent mieux dans leur grandeur simple vis-à-vis du jeune sénéchal dont la nature est moins au-dessus de la nôtre. Joinville, en effet, se montre à nous avec toutes les nuances passagères de ses sentiments et de sa pensée, tour à tour un peu vain de son esprit ou de son noble équipage, et recevant avec humilité les leçons que mérite son imprudence, mettant « grand'foison de sa terre »

Navarre (et plus tard de France) en 1309. Il était alors dans un âge fort avancé.

Les mots *je fais écrire*, dont il se sert en parlant de son livre, se rapportent non pas au style, mais à l'écriture. On rencontre souvent dans les trouvères une expression analogue : « J'ai composé ce roman et l'ai écrit de ma main. » (Voy. la note de la p. 115, vers 1.)

en gage pour conduire neuf chevaliers avec lui à la
terre sainte, et n'osant regarder « son biau chastel »
quand il faut s'en éloigner ; si intrépide en face des
Turcs, qu'il ne tient aucun compte de cinq flèches qui
l'atteignent au corps, ni de quinze qui percent son
cheval, et si effrayé, quand il est tombé entre leurs
mains, qu'il tremble fort, et de peur autant que de
fièvre. Mais plus nous le voyons ainsi de près, et plus
sa franchise, sa prud'homie qui ne se dément point, sa
piété tour à tour naïve et sublime, et surtout son dévouement au prince dont il partage les infortunes, nous
attachent invinciblement à lui. Sans être le héros de
son livre, où domine la grande figure du roi, Joinville
fait passer dans notre âme toutes les impressions qui
ont ému la sienne, et il occupe, sans contredit, le premier rang parmi les chroniqueurs qui n'ont retracé
que leurs propres souvenirs [1].

Mais cinquante ans après lui apparut un autre conteur, qui, sorti du peuple, poëte de caractère et
d'inclination, n'ayant jamais pris part aux aventures
et aux faits d'armes, quoique né, comme il le disait,
avec leur amour dans le cœur, vint en reproduire la
plus brillante et la plus fidèle image. Jean Froissart,
de Valenciennes, fils d'un simple peintre d'armoiries,
mais attaché de bonne heure à d'illustres personnages, tantôt à la faveur de son talent de clerc ou
écrivain, tantôt pour son *gai savoir* (car sa poésie
n'est pas sans mériter ce nom), avait entrepris dès
l'âge de vingt ans une vaste chronique qui, à partir
de l'avénement des Valois (1322), devait embrasser

[1] Voir l'*Appendice*, n° 4.

tout ce qu'il y avait eu d'éclatant et de considérable
dans les événements de l'époque [1]. Il la continua

[1] Né en 1337, il paraît avoir commencé son livre à l'âge de
vingt ans, chez Robert de Namur, seigneur de Beaufort, d'après
les chroniques qu'avait écrites peu de temps avant sire Jean
Lebel, chanoine de Liége. (On croyait ce dernier ouvrage perdu,
mais une partie vient d'en être retrouvée par M. Polain.) Il
passa ensuite en Angleterre, où la reine Philippine de Hainaut,
« qui tant aima ceux de sa nation, » accepta gracieusement
l'hommage de son livre et le retint à son service comme clerc
(ou secrétaire). Protégé de cette princesse, « qu'il servoit de
beaux dittiers » (ou petits poëmes), il fut chargé par elle de rechercher de nouveaux matériaux historiques « à son coustage. »
Il visita l'Écosse, puis la France, où il fut attaché pour quelque
temps à l'hostel des rois Jean et Charles V (probablement vers
1363), et passa ensuite en Guyenne auprès du prince Noir et de
là en Italie avec le duc de Clarence. Il payait en récits l'hospitalité généreuse qu'il recevait de temps en temps chez d'autres
seigneurs, composant au besoin des ballades de circonstance, et
se considérant lui-même comme poëte plutôt que comme historien :

> Ce que je sçai, dont je me mêle,
> C'est que de faire beaus dittiers,
> Qu'on lit et qu'on ouit volontiers,
> Espécialement toutes gens
> Qui ont les cœurs discrès et gens :
> Ce n'est mie pour villains !

Après avoir mené pendant quelque temps cette existence vagabonde, il essaya de s'attacher à l'Église, et nous le voyons, en
1368, possédant la cure de Lessines, bien qu'on puisse douter
qu'il la desservît lui-même ; car aucun passage de ses écrits n'indique qu'il eût déjà pris les ordres. Aussi ne paraît-il pas avoir
mené une vie très-grave dans cette petite ville, où les taverniers
eurent, nous dit-il, bonne part de son argent. Il la quitta
en 1384, et fut reçu comme secrétaire dans l'hôtel de Wenceslas, duc de Brabant et de Luxembourg, grand amateur de poé-

pendant plus de quarante années, mettant à profit les occasions que lui offrait sa carrière aventureuse, pour interroger toute espèce de gens de guerre, depuis les princes et les seigneurs jusqu'aux routiers les plus farouches. Il trouva des patrons aux dépens desquels il put faire des recherches de pays en pays, s'informant de toutes choses afin de mieux « ouvrir et éclaircir la matière de son *histoire* : » car ce dernier nom lui paraît dû à son livre, puisqu'il n'y raconte rien à l'aveugle et sans bons renseignements. La postérité n'y a pourtant vu qu'une simple chronique, mais supérieure en importance à toutes celles qui l'avaient précédée, offrant même le tableau le plus complet et le plus vivant que nous possédions du moyen âge.

sies, ponr lequel il composa un roman de chevalerie intitulé *Méliadus*. Le duc mourut en 1384; mais l'écrivain rencontra un nouveau protecteur dans le comte Guy de Blois, qui fit les frais des dernières recherches que demandait la continuation de sa chronique. Une pièce de vers (*le dit dou Florin*) qu'il composa peu après, en revenant de visiter le comte de Foix, nous apprend qu'il avait toujours vécu jusque-là « joyous et joli » et que depuis vingt-cinq ans il avait bien reçu en dons divers, outre sa cure, plus de deux mille francs de l'époque, avec lesquels il avait fait ce qu'un autre n'eût pu faire avec quatre mille; car l'hospitalité qu'on lui accordait partout lui avait permis de se tenir « en arroi de souffisant homme, menant haquenée et roncin, et monté d'habits bien *péus* (fourrés). En 1394, il jouissait d'un canonicat à Chimai, et il s'occupait de réunir dans un livre avec vignettes et couverture à clous d'argent doré le recueil complet de ses poésies. Il alla l'offrir à Richard II, roi d'Angleterre, duquel il reçut cent nobles dans un gobelet d'argent. Les seize années suivantes furent encore employées à revoir et à compléter ses chroniques. Il mourut à Chimai en 1410.

9

On croirait qu'un ouvrage ainsi composé de matériaux d'emprunt (puisque, à l'exception des fêtes et des assemblées pacifiques, Froissart n'a rien dépeint que d'après autrui) devrait être inférieur aux récits personnels de Villehardoin et de Joinville; mais la merveilleuse intelligence de l'écrivain s'est emparée de tous les témoignages, de tous les souvenirs, de toutes les traces que chaque fait a laissées dans l'âme des spectateurs, pour le ressaisir plus distinct et plus entier qu'ils ne l'ont vu eux-mêmes. Tant d'hommes de nations, de partis, de caractères opposés, ont pu lui raconter parfois des détails inexacts : mais jamais son regard perçant n'a failli à discerner clairement l'ensemble; jamais il n'est resté de confusion dans ses idées, d'incohérence dans ses jugements. Le récit de chaque événement porte au contraire avec lui une sorte d'évidence, tant la marche des choses y paraît logique, le rapport des actions aux personnes constamment soutenu, le caractère des paroles en harmonie avec la position et le génie de ceux qui les prononcent. Sous ce rapport, comme l'a remarqué M. Villemain, les anciens eux-mêmes n'ont pas surpassé le chroniqueur de Valenciennes. Ajoutez qu'aucun détail des moindres scènes ne lui échappe, qu'il sait faire ressortir tout ce qui est majestueux, éclatant, pittoresque; enfin qu'au moment où la trompette sonne, il s'enflamme à son tour et semble grandir avec ses héros.

C'est à regret qu'à côté de ces qualités si brillantes, on remarque chez Froissart une étrange indifférence pour la valeur morale des actions et des hommes On dirait qu'il ne s'attache qu'aux résultats. Le désordre

des temps où il vivait, ses relations successives avec
tous les camps, son existence mobile où nous distin-
guons bien plus rarement l'historiographe que le
poëte et le protégé, expliquent jusqu'à un certain
point, mais sans la justifier, cette apathie d'une âme
qui ne se passionne plus ni pour le bien, ni contre le
mal. Un des malheurs de l'écrivain était de n'avoir ni
parti, ni patrie [1], comme ces jongleurs aventureux
avec lesquels il offrait encore plus d'un trait de ressemblance. Dégagé des grandes affections et livré aux
caprices de la fantaisie, il traversait presque la vie en
simple spectateur. Ce côté de son caractère se révèle
à nous d'une manière assez poétique, quand il décrit
son attitude dans une tempête où il avait couru quelque danger. « Je prie Dieu, s'écrie-t-il naïvement, de
m'aider dans le besoin mieux que je ne le fis alors :
car au lieu de mettre aussi la main aux cordes, je
pensai à mon rondeau et l'achevai [2]. » Dominé de même
par l'imagination quand il composait ses chroniques.
il lui arriva plus d'une fois d'admirer le récit fanfaron

[1] Il accepte quelquefois le titre de Français, à Orthez, par
exemple, où ce nom lui vaut un bon accueil ; mais il ne paraît
pas très-content de se le voir donner en Angleterre, où « toutes
gens de la langue d'oïl, de quelque contrée ou nation qu'ils
soient, ils les tiennent François. » (L. IV, c. 40.)

[2]
    Bien me souvient de l'aventure,
    Mès qu'onques j'en fésisse cure.
    Ne qu'à cordes la main mésisse,
    Ne de riens m'entremesisse,
    Ensi me voeille Diex aidier
    Quant j'en aurai plus grand mestier !
    Mès à mon rondelet pensoie...
    Lequel je fis et ordonnai

de quelque bandit, et de répondre : « Le conte est bon
à entendre, je l'écrirai ! »

Quand il n'existerait aucun autre motif de refuser
à Froissart le titre d'historien, cette insouciance des
intérêts moraux vis-à-vis du triomphe de la force et
de l'astuce, lui ôte le droit d'être rangé parmi les
hommes pour qui l'étude de la vie des peuples est
une tâche sérieuse et offre un but d'enseignement.
Sa place est parmi les chroniqueurs ; mais là il n'a
point d'égaux. En effet, s'il n'offre pas, comme Joinville, ces détails intimes qui nous font lire dans le
cœur même de l'écrivain, en revanche il saisit bien
mieux le monde extérieur, qui reste toujours un peu
confus pour le compagnon de saint Louis, dont l'ignorance est extrême. Froissart connaît les peuples et les
pays dont il parle. Il a beaucoup vu, beaucoup écouté,
tout compris. Sa crédulité ne va guère jusqu'à prendre le change sur la nature des choses. Ce n'est pas
lui qui répéterait avec son naïf devancier que le fleuve
du Nil sort du paradis. Il n'a peut-être aucune scène
plus intéressante que certaines pages de ses prédécesseurs ; mais il sait attacher bien plus constamment, parce qu'il donne à ses tableaux une variété
inépuisable. Son grand secret de conteur est de laisser
aux choses la couleur qu'elles gardaient dans le souvenir de ceux qui les lui avaient apprises. Ainsi vient
se réfléchir dans ses chroniques la nature même des
hommes de son âge, avec les mille nuances que lui
imprimait la vie réelle. A cette souplesse d'imagination qui se plie à tous les caractères, il joint au plus
haut degré le sens artistique, si l'on peut désigner par
ce mot le sentiment de la forme dans la composition

Froissart visitant les ruines d'un ancien château.

et dans le style. La manière dont il pose ses figures, dont il coupe et mêle ses récits, dont il captive le lecteur en se jouant [1] et sans jamais le lasser, est plus merveilleuse encore que la vivacité de ses images et le coloris de ses tableaux. La chanson épique du jongleur avait moins de magie et d'intérêt, le fabliau moins de grâce et de séduction.

Il est douteux qu'à cette époque de confusion, l'histoire pût se produire avec charme sous un aspect différent. Dans les vieilles luttes où nous conduisent Villehardoin et Joinville, des sentiments héroïques remplissent le cœur des guerriers et doivent inspirer au lecteur de la sympathie pour leurs efforts. Mais au xive siècle et au xve siècle, ce ne sont plus des guerres chrétiennes, ni des entreprises généreuses, ni des figures sans tache qui s'offrent à nos regards. Le désordre social était arrivé à son comble depuis les désastres de Crécy et de Poitiers, les rivalités des princes du sang royal, le système de brigandages suivi par les bandes mercenaires et l'appauvrissement général du pays. Les caractères s'étaient dégradés et n'auraient pu supporter une peinture qui les eût mis dans un jour plus complet [2]. Il fallait une nature poé-

---

[1] Ses transitions semblent quelquefois ménagées dans le seul but de ranimer l'intérêt et la curiosité du lecteur. « Nous nous souffrirons un petit à parler de cette matière, et assez tôt y retournerons. » — « Nous lairrons un petit à parler de messire Rogier d'Espaigne, qui chemine si à effort qu'il peut, et parlerons du roy de France et du duc de Bretagne. »

[2] Les auteurs mêmes ne comprenaient plus les vieilles idées d'honneur. Dans le livre des *Faits de Boucicault*, le héros, encore très-jeune, se trouve en face d'un robuste Flamand qui se

tique et insoucieuse comme celle de Froissart, pour
saisir le côté brillant de ce désordre même et laisser
glisser nos regards sur le poli des armures sans en
faire jaillir parmi les étincelles de la boue et du sang.
Aussi nul de ceux qui le suivirent ne sut intéresser
comme lui. Enguerrand de Monstrelet, narrateur froid
et lourd, qui voulut le continuer, hérissa son ouvrage
de pièces authentiques utiles à consulter, impossibles
à lire. George Chatelain, historiographe de Philippe
le Bon, usa son talent d'écrivain au métier de pané-
gyriste. Il raconterait cependant assez bien si l'em-
phase de ses paroles n'effaçait la couleur réelle des
événements qu'il veut peindre. Olivier de la Marche,
qui le prend pour maître, a moins de force et de savoir sans beaucoup plus de naturel. Quelques biographies anonymes, dont l'origine peut se placer vers
l'an 1400, comme le livre des Faits de Boucicault et
les chroniques en prose et en vers sur Duguesclin,
ne racontent que pour louer, ce qui les rend pâles et
monotones. Une histoire du règne de Charles le Sage,
par Christine de Pisan, va jusqu'à donner à l'éloge
la forme didactique. Cette femme savante, qui connaissait le grec et le latin et qui avait lu les philosophes, ne trouve pas de meilleur usage à faire de son
érudition que de diviser par catégories les actions du
monarque, pour démontrer en quatre livres ses quatre
vertus essentielles.

  Nous rencontrons cependant vers la fin du xvᵉ siè-

fait scrupule de le tuer et se contente de lui faire sauter la hache
des mains en l'appelant enfant. Boucicault, pour réponse, se
glisse sous son bras le poignard à la main et lui donne le coup
mortel.

cle un écrivain qui, par la sagacité de son esprit, la profondeur de ses vues et sa connaissance des hommes et des choses, s'élève jusqu'à la hauteur de l'historien. C'est Philippe de Commines, seigneur flamand, qui avait abandonné Charles le Téméraire pour passer au service de Louis XI. Sous le titre de Mémoires, il retraça dans sa vieillesse les événements dont il avait été spectateur pendant le règne de ce prince et de son fils (Charles VIII), puisant dans ses longs souvenirs plus d'un sujet de réflexions sérieuses, et dans son expérience des affaires l'art d'en démêler tous les ressorts. Mais ce courtisan adroit, qui a su lire jusque dans la pensée du plus défiant des monarques, a perdu en vivant auprès de lui la première des notions humaines, celle du bien. L'habileté politique, la bienséance extérieure, le respect du rang et du pouvoir, voilà ce qu'il honore par-dessus toutes choses : viennent ensuite les maximes de la morale, quelquefois même celles de la religion dont il reconnaît l'utilité, mais qu'il n'a pas suivies et qu'il confond encore à chaque instant avec ses doctrines de palais. Le lecteur, qui l'a vu avec étonnement tout près d'atteindre dans l'essor de sa pensée à quelque système sublime, s'épouvante des aveux tranquilles et souriants qui succèdent à ces élans de génie [1]. Comment mettre d'accord avec lui-même ce sage qui se plaint de « la bestialité et mauvaistié » du siècle, qui déplore l'affaiblissement « de toute foy et loyauté, » qui s'écrie qu'il n'existe plus « de lien par lequel on se puisse assurer les uns des autres, » et qui vient ensuite raconter

---

[1] Voir, sur ses théories, l'*Appendice*, n° 3.

quels officiers du roi d'Angleterre il a séduits avec l'or
de Louis XI, ou quel hasard providentiel a fait échouer
une trahison exécrable dont il avait porté la proposi-
tion [1]? Souvent on penserait qu'il raille, quand, avec
son langage toujours réservé et son masque toujours
convenable, il mêle la satire à l'éloge et la courtisa-
nerie à la flagellation. Suivez-le auprès du lit où va
expirer ce tyran ombrageux qu'il appelle son bon
maître, et qui déjà mourant « parloit encore aussi sec
comme si jamais n'eût été malade. » Commines est
indigné de l'ingratitude des médecins qui, « sans garder la révérence et l'humilité, » l'ont averti en peu de
mots que sa fin approchait, au lieu « de l'émouvoir
seulement à soy confesser, sans prononcer ce cruel
mot de la mort : car onques homme ne la craignit
plus. » Mais il se console un peu en songeant que ce
pauvre prince avait probablement besoin d'expier
ainsi la manière dont il avait fait mourir le duc de Ne-
mours et le comte de Saint-Pol. Quant à ses autres
crimes, il les avait rachetés ici-bas par les maux qu'il
avait soufferts : car « il estoit en suspicion de tous
hommes, et espécialement de ceux qui estoient dignes
d'avoir autorité : il avoit crainte de son fils et le faisoit
garder estroitement ; il doutoit à la fin de sa fille et de
son gendre ; il estoit en peur de tous les siens et chan-
geoit et muoit de jour en jour ses serviteurs qu'il
avoit nourris. » Ces *malheurs* et d'autres du même

---

[1] « Un chevalier du Hainaut m'avoit fait ouverture de bailler
les principales villes et places du pays ; et au partir que je fis du
roy je lui en dis deux mots. » (L. V, c. 43.) Il ajoute que le roi
n'en profita pas et que ce fut sans doute par la volonté de Dieu,
vu l'injustice de l'entreprise.

genre que l'écrivain énumère longuement, lui paraissent des châtiments divins nécessaires pour rétablir l'équilibre entre les souffrances du tyran et celles de ses victimes, mais qu'il a bien supportés et qui lui épargneront une punition en l'autre monde. Il termine en répétant, et très-sérieusement, que « c'est le meilleur roi qu'il ait vu [1]. »

Toutefois l'esprit d'observation de Commines, la rare intelligence qu'il déploie dans l'appréciation des faits, l'habileté même avec laquelle il conduit sa narration de manière à justifier en apparence le parti qu'il embrasse et à conserver quelque vernis de bonne foi tout en donnant cours à ses ressentiments personnels, le mettent de beaucoup au-dessus des chroniqueurs. Son talent d'écrivain n'est pas moins remarquable, soit que comme Froissart il décrive des scènes de guerre (les batailles de Montlhéry et de Fornoue), soit que comme Tacite il nous fasse frémir par la vérité d'un portrait. On dirait quelquefois qu'il se rappelle la manière de l'auteur latin, bien qu'il n'en sût pas même la langue : mais la littérature italienne, qu'il paraît avoir connue, possédait déjà des historiens éclairés dont le goût sage et fin perce dans ses meilleures pages. Montaigne, qui écrivait soixante ans après lui, et dont l'opinion est ici d'un grand poids,

---

[1] Il trouve cependant fort étroites les cages de huit pieds que Louis XI avait fait construire pour y tenir certains captifs, et où il avoue avoir passé huit mois sous Charles VIII. Il a même maudit alors l'auteur de ses souffrances ; mais non pas le roi vivant, ni le roi défunt, seulement l'évêque de Vienne (la Balue) « qui le premier inventa ces rigoureuses prisons, et dans la première qui fut faite fut mis et y a couché quatorze ans. »

loue son langage doux et agréable, sa narration pure,
la modestie de ses réflexions, et trouve partout chez
lui « l'autorité et la gravité, sentant son homme de
bon lieu et élevé aux grandes affaires. » Quant à sa
supériorité comme penseur politique, elle consiste
moins dans les théories, dont il abuse, que dans la
connaissance exacte des choses de son époque. La
maxime la plus importante qu'il ait posée comme règle
de gouvernement, c'est le vote de l'impôt par les états,
c'est-à-dire par les représentants du pays. Mais quoiqu'il ait l'honneur de l'avoir soutenue en France, il ne
faut pas oublier qu'elle avait toujours régné en Flandre, et que Commines, en reniant sa patrie, n'avait pas
abjuré ses souvenirs.

Si l'histoire, telle qu'il la présente aux hommes de
son temps, et la chronique, telle que Froissart l'avait
fait briller un siècle plus tôt, nous donnent la mesure
fidèle de l'état de souffrance et de désordre intérieur
où la société elle-même était tombée, nous ne serons
guère surpris de la stérilité poétique de cette longue
période. Ce n'est pas que le nombre des ouvrages fût
peu considérable. On exhume tous les jours de nouvelles productions de cette époque, où les romans de
chevalerie se multipliaient encore, tandis que les
mystères atteignaient une étendue démesurée, et qu'il
se formait dans une foule de villes des sociétés de
trouvères bourgeois. Mais si l'on ne tient compte que
des créations neuves ou saillantes, il reste peu de
chose de cette richesse trompeuse. Pas un mystère
supérieur aux pièces de Rutebeuf et d'Adam de la
Halle; pas un roman qui égale ceux de Chrestien de
Troyes; à peine des pièces légères de quelque intérêt.

De Jean de Meung à Froissart, un seul rimeur ingénieux s'élève au-dessus de la médiocrité : c'est le
Champenois Eustache Deschamps, qui paraît avoir
déployé une fécondité prodigieuse, et ne manque pourtant pas d'une certaine grâce. Pour Froissart, il y a
chez lui deux poëtes : l'un qui fait des ballades de circonstance, à peu près comme les jongleurs qui allaient
chanter et crier Noël à chaque grande fête. Celui-là
ne se distingue que par une extrême facilité. Mais
dans l'autre nous reconnaissons le trouvère, soit qu'il
s'abandonne aux pensées tendres que son siècle tenait
en si grand honneur, soit qu'il déroule en souriant le
tableau de sa vie passée pour comparer aux joies de
sa jeunesse celles « où se renouvelle encore » son esprit déjà mûr [1]. Il avait composé un roman de chevalerie (*Méliadus*) où se trouvaient intercalées les
chansons du duc de Wenceslas de Brabant, et dont il
parle avec amour, mais qui semble perdu aujourd'hui.
Dans les dits, les pastourelles et les rondeaux que nous
possédons encore, la pensée et le mouvement offrent
de l'élégance ; mais le style n'atteint pas toujours à la
vivacité d'expressions que demandait la poésie lyrique [2]. Le bon chroniqueur, accoutumé à ses larges

---

[1] Voir l'*Appendice*, n° 2.

[2] Vers cette époque cependant commençait à poindre le genre
vif et familier des chansons de table, où la bonhomie de Froissart eût conservé tout son prix. Mais, quoiqu'il aimât le vin, il
ne l'a point loué, et les premières chansons bachiques dignes de
quelque attention paraissent avoir été celles d'Olivier Basselin,
joyeux maître foulon de Normandie, autour duquel se groupait
vers 1400 une société de bons compagnons. Ses productions furent appelées *vau-de-vire*, du nom de la vallée qu'il habitait
avec ses amis, et plus tard on fit de ce mot celui de *vaudeville*.

récits d'histoire, n'a pas à beaucoup près la précision
de langage de Rutebeuf, tandis que l'usage donnait
aux poëmes en vogue des formes de plus en plus resserrées.

En effet, les ballades, rondeaux, chants royaux,
servantois et autres pièces analogues, se trouvaient
alors réduits à deux, trois ou quatre couplets, dont il
n'était plus permis de dépasser les bornes étroites.
Renfermer dans ce petit cadre quelques idées vives ou
gracieuses, et les rendre en termes choisis, était un
mérite ambitionné par les princes eux-mêmes. Il serait aussi fatigant qu'inutile d'énumérer les noms vulgaires ou éclatants que nous trouvons encore attachés
à des compositions de ce genre. Tous ont leur valeur
pour la curiosité minutieuse de l'érudit; mais un seul
a des titres à la renommée. C'est Charles d'Orléans,
fils de celui que Jean sans Peur avait fait assassiner et
de cette fière Valentine de Milan, qui regrettait de ne
pas voir ses enfants « taillés à venger leur père. » Fait
prisonnier à sa première bataille (celle d'Azincourt),
le jeune duc oublia les haines de sa famille pendant
une captivité de trente ans, et ses poésies seules attachèrent à son nom un éclat tout pacifique. Elles sont
en effet supérieures de beaucoup par l'esprit, la grâce
et la finesse, à toutes celles de ses contemporains. Leur
cachet propre est une sorte de distinction qui résulte
à la fois de la pureté du style et de l'élégance des ima-

On les trouve dans plusieurs recueils, mais pas tout à fait sous
leur première forme : car les chanteurs les rajeunissaient en les
répétant. Basselin périt en voulant défendre son pays contre les
bandes anglaises (en 1447).

ges; mais, comme les chansons des nobles trouvères
du xiiiᵉ siècle, elles se renferment dans un ordre d'idées
qui ne s'élargit presque jamais. Ce n'est pas que
Charles d'Orléans soit dépourvu d'invention : il trouve
cent manières nouvelles de broder ce vieux thème de
passion que troubadours, trouvères et jongleurs semblaient avoir épuisé ; mais le fond n'en change pas. Et
cependant le poëte n'est jamais si heureux dans ses
compositions que lorsqu'il semble vouloir sortir de ce
monde factice [1]. Les ballades où il se laisse aller tris-
tement au regret de la patrie, et quelques rondeaux
sur le retour du printemps, où du moins il chante la
nature sans faire parade d'une tendresse de conven-
tion, méritent d'être cités comme des chefs-d'œuvre [2].
Au contraire, on lui a reproché assez justement la mo-
notonie du plus grand nombre de ses productions ; car
l'esprit de galanterie qu'il y déploie a beau chercher à
se rajeunir, il est resté le même qu'au temps de Thi-
baut de Champagne.

A ce talent pur et gracieux qu'un poëte de sang royal
usait ainsi dans un cercle aride, le règne de Louis XI
n'opposa guère que la voix mordante et le rire cynique
du dernier représentant des jongleurs et de la ménes-

---

[1] Ce n'est pas seulement l'exagération des sentiments tendres
et passionnés qui paraît tout artificielle chez cette classe de
trouvères : leurs déclamations partent en général d'un cœur fort
sec. Charles d'Orléans lui-même, après avoir déploré très-lon-
guement la mort de la dame qu'il prétendait aimer, en fait le
sujet d'un badinage. « J'ai joué aux échecs avec Amour, dit-il
dans une ballade, et j'ai perdu ma dame : donc je suis mat... si
je n'en fais une autre. » Ces derniers mots forment le refrain.

[2] Voir l'*Appendice*, nᵒ 4.

trandie. François Villon « l'escolier, » comme il se qualifiait lui-même, et « l'enfant de Paris, » mais aussi le repris de justice, le condamné à la potence, et, suivant l'expression populaire, le maître en fait « de pince et de croc, » est un personnage assez malséant pour prendre place au-dessus des auteurs de rang illustre, qui s'envoyaient par leurs gentilshommes des ballades intitulées *Orléans à Bourgogne*, ou *Bourgogne à Orléans* [1]. Mais, sa supériorité parût-elle contestable, il resterait encore avéré qu'elle a été admise par Marot, ce poëte à l'esprit si fin, par Boileau, ce juge à la parole si grave. C'est François Villon qui a été salué par l'âge suivant comme le créateur de la poésie française. Le nom de Charles d'Orléans était parfaitement oublié. On ne prononçait même plus celui d'Alain Chartier, le restaurateur de la langue, dont nous parlerons plus bas.

Par quelle œuvre Villon s'était-il emparé ainsi de l'attention publique? Un petit nombre de ballades, cinq ou six morceaux détachés, deux pièces intitulées *Testament*, voilà aujourd'hui son bagage littéraire, qui ne paraît pas avoir jamais été beaucoup plus con-

---

[1] Né de parents pauvres (vers 1431), Villon avait étudié avec quelque ardeur, puisqu'il fut un des clercs gradués que l'université de Paris désigna pour être investis des bénéfices réservés. Mais son inconduite paraît avoir empêché sa nomination, et depuis lors, renonçant à sa carrière, il se jeta dans tous les désordres. Nous le voyons associé avec des voleurs et deux fois condamné, mais sauvé par la pitié du parlement et du roi. Après une existence vagabonde, que la protection du roi et de quelques grands n'empêcha point d'être misérable, il trouva enfin un asile auprès de Jean Rousseau, abbé de Saint-Maixent en Poitou, qui fut le sauveur de sa vieillesse.

sidérable. L'art, si l'on entend par ce mot une habileté savante et une élégance étudiée, n'y est pas porté bien loin ; mais le naturel, le mouvement, la liberté, la vie, règnent dans la plupart de ces petites compositions. Villon nous retrace toute son existence, fort désordonnée sans doute, mais pleine de leçons cruelles, de regrets poignants, et si endolorie qu'à ses retours d'audace et de gaieté se mêlent encore les frémissements du malheur. Il nous entraîne, il est vrai, sur un terrain assez fangeux ; mais son époque, moins délicate que la nôtre, était peu choquée de certaines grossièretés qui nous blessent. S'il affecte par moments un cynisme effronté, il baisse bientôt la tête sous le mépris des hommes ; il pleure dès que son regard se reporte en arrière, et quand il voit la place de ses compagnons et la sienne déjà marquée au gibet, il s'écrie : « Nous sommes morts ; priez pour nous [1] ! » Et cependant, à côté de cet humble repentir, gronde encore quelquefois un reste de colère. Il semble alors rappeler à lui, en face même du danger, toute sa verve malicieuse, et il se venge par une dernière morsure de chaque main qui l'a frappé.

Chez ce poëte, dont les chants étouffent les sanglots et qui raille du fond d'un abîme, la pensée jaillit d'un trait, toujours vivement exprimée parce que l'âme est émue, et que dans son ivresse même il bondit pour s'étourdir. De là les allures faciles, mais franches, rapides, nerveuses de sa poésie. Il parle aussi un français excellent, et c'est là surtout ce qui l'a fait placer très-haut par les critiques les plus épris de

---

[1] Voir l'*Appendice*, n° 3.

la finesse des tours et de la pureté du langage ; d'autres, qui au contraire exigeaient une élégance soutenue, l'ont peu estimé. Quand il se donne la peine
d'achever un morceau avec soin, il est léger, gracieux, brillant ; mais dans ses compositions ordinaires
il offre des inégalités que peuvent également expliquer son caractère et sa triste position. Au milieu
du dévergondage de sa pensée, son goût est simple et
pur, et la naïveté de ses expressions, piquante lorsqu'il veut exciter le sourire, devient touchante quand
il demande pitié pour lui qui va mourir, ou qu'il fait
prier dévotement sa vieille mère.

> Femme je suis povrette et ancienne,
> Ne riens ne sçay ; oncques lettre ne lus [2] ;
> Au moutier voi, dont suis parroissienne,
> Paradis peint, où sont harpes et luths,
> Et ung enfer, où damnés sont boullus.
> L'ung me fait peur, l'autre joye et liesse :
> La joye avoir fais-moi, haute déesse
> A qui pécheurs doivent tous recourir !

Mais si Villon, par son talent naturel et ses repen-
tirs, peut trouver grâce vis-à-vis de la postérité, il
n'en est pas de même du groupe dont il est le chef. La
poésie de cette époque a ses truands qui se complai-
sent dans les régions les plus infimes de la pensée,
et dont la vie bohémienne ne reconnaît ni loi ni frein.

---

[1] L'orthographe véritable est *leuz*. Je me suis permis de la
rajeunir pour rendre le texte plus facile, et demande également
grâce pour quelques autres libertés du même genre que j'ai
crues dans l'intérêt du lecteur.

Il les peint lui-même ainsi dans une épître qu'il leur
adresse.

> Chantres chantans à plaisance sans loy...
> Nobles hommes, francs de quarts et de dix [1],
> Qui ne tenez (*relevez*) d'empereur ne de roy,
> Mais seulement de Dieu de paradis.

Les tours de friponnerie et les aventures de bas
étage que nous racontent quelques-uns de ces jongleurs ignobles n'étaient pas même destinés à sauver
leur nom de l'oubli. D'autres se mêlaient sans doute à
ces confréries joyeuses mais grossières qui, sous des
noms burlesques, comme celui « d'enfants de la mère
sotte, » faisaient succéder des farces populaires aux
pastorales de l'âge précédent. Le rire de la foule in-
quiéta Louis XI, qui interdit à Paris les représentations des basochiens; voyait-il au delà le mépris et
l'affaiblissement dont se trouvaient déjà menacés tous
les pouvoirs devant lesquels les générations précédentes s'étaient inclinées?

Le mouvement général des idées tendait sans contredit au désordre; car cette poésie effrénée, dont les
écarts ne se présentent plus comme de simples jeux
de l'esprit, mais comme l'expression de mœurs réelles, ces trouvères de sac et de corde, qui ont pris la
place de Guyot de Provins et de Jean de Meung, indiquent la même maladie sociale que l'indifférentisme
des derniers chroniqueurs et l'impudeur profonde du
courtisan historien. A côté de ce péril le progrès ne

---

[1] Il veut dire : ne payant ni dimes ni impôts; l'épithète de *nobles hommes* est ici un trait de moquerie, puisqu'il ajoute qu'ils
ne tiennent aucune terre ni de roi ni d'empereur.

se révélait encore nettement, dans le monde littéraire,
que par le perfectionnement du langage déjà si remarquable chez le duc d'Orléans et chez Villon, et qui ne
s'arrête pas à ce dernier. Les rimeurs du second ordre
qui viennent après lui, sans enrichir la poésie d'aucune œuvre notable, écrivent cependant avec une
pureté que chaque jour accroît. Ce n'était pas le temps
seul qui avait donné un nouveau poli à la langue. En
fouillant au-dessous de la moyenne littérature, on
trouve des traités de poésie, de rhétorique et de grammaire qui attestent un long et pénible travail. Des
esprits honnêtes, qu'aucune fougue d'imagination
n'exposait à s'égarer, s'évertuaient à rimer des pages
froides et correctes, souvent aussi savantes et morales.
Mais tel est le malheur des œuvres de simple science,
que chaque pas nouveau efface ce qui l'avait précédé.
Ce n'est pas sans effort maintenant que nous parve-
nons à discerner les services réels que rendirent ainsi
les grammairiens, les rhéteurs et les érudits du moyen
âge. Et cependant les uns enfantaient l'art, les autres
l'instruction générale. Ces derniers avaient mis en
vers toute doctrine, devoirs moraux, règles militaires,
connaissance de la nature [1]. On faisait apprendre par
cœur aux pages le Bréviaire des nobles, afin qu'ils re-
tinssent, quand ils seraient en âge de chevalerie, les
beaux préceptes de maître Alain Chartier.

Arrêtons-nous un moment à ce dernier écrivain,
qui fut le lettré le plus en honneur du xvᵉ siècle. Né

---

[1] De là une foule de traités intitulés *doctrinal*, *castoiement*
(mot à mot *correction*, mais dans un sens plus étendu *enseignement*), *ordène de chevalerie*, *bestiaire* (histoire des animaux),
volucraire, *lapidaire*, etc.

en Normandie au commencement du règne de Charles VI, son talent l'éleva au rang de secrétaire de ce
prince et de Charles VII, et quoiqu'il fût de méchante
mine, on raconte qu'un jour qu'il s'était endormi dans
une galerie du palais, Marguerite d'Écosse, femme de
Louis XI encore dauphin, honora d'un baiser « cette
précieuse bouche de laquelle étaient sorties tant de
vertueuses paroles. » Payant tribut aux penchants de
l'époque (mais en imagination seulement, comme il a
soin de nous en avertir), il avait composé quelques
poëmes galants sans mauvaise pensée [1], dont le plus
considérable (le *Livre des Quatre Dames*) roule sur
une idée assez noble. De quatre chevaliers qui ont
pris part à la fatale journée d'Azincourt, le premier
est mort avec gloire, le second a été fait prisonnier
en combattant, le troisième a disparu, le dernier a dû
son salut à la fuite : lequel doit être pleuré le plus
amèrement? La prudence du poëte l'empêche de prononcer. Témoin plus tard des malheurs de la France,
il composa en prose mêlée de vers un « Traité de l'Es-
pérance, ou consolation des trois vertus, Foy, Espé-
rance et Charité, » où il indique l'origine et cherche le
remède des souffrances publiques. Là surtout nous
reconnaissons en lui l'homme de bien et le patriote;
mais nous avons besoin du témoignage des contemporains pour y retrouver avec Marot

> Le bien-disant en rime et prose Alain,

---

[1]   Cest livret voult dicter et faire escripre,
    Pour passer temps, sans courage villain,
    Un simple clerc que l'en appelle Allain,
    Qui parle ainsy d'amours pour oyr dire.

ou avec Octavien de Saint-Gelais :

> . . . Un poëte hault et scientifique,
> Doux en ses faicts et plain de rhétorique,
> Clerc excellent, orateur magnifique.
> Art si très-bien l'apprit à besoigner
> Qu'oncques Vulcain mieux n'ouvra sur l'enclume
> Que cestuy fist de papier et de plume.

Cependant ce versificateur froid et mesuré, qui manque d'éclat, de force, d'élan, est plus facile à lire que ses prédécesseurs. Sous des tours simples, ses expressions se rapprochent des nôtres. Voilà son effort et sa conquête ; pourquoi ne dirions-nous pas aussi sa gloire ? Les obstacles qu'il a surmontés n'existent plus pour nous ; mais c'est peut-être à lui surtout que l'âge suivant fut redevable de leur disparition. Encore étrangers à ce vaste mouvement de l'intelligence qui devait distinguer le XVIe siècle, Alain Chartier et ceux qui marchèrent sur ses traces semblaient s'être chargés d'aplanir par leurs travaux modestes les mille aspérités de la route où leurs successeurs marcheraient un jour d'un pas plus ferme.

APPENDICE.

N° 1. — LE CHAPELAIN DE JOINVILLE.

La manière de peindre de Joinville, un peu confuse
dans les grandes scènes, est vive et distincte dans les
petites. Il nous fait connaître chaque personnage sans
y songer, et nous transporte au milieu d'un siècle où
les caractères avaient autant de simplicité que de
force.

Prenons pour exemple le prêtre qui l'avait suivi à la
croisade et dont il ne parle qu'en passant :

« Huit Sarrazins, moult bien armés, traioient (*ti-*
raient) à la volée parmi notre ost (*camp*). Un mien
prestre se parti de nostre ost tout seul, son gamboison
vestu (couvert de son gambeson), son chapel de fer en
sa teste, son glaive traînant le fer (sa lance le fer en
bas) desouz l'essele. Quand il vint près des Sarrazins,
qui riens ne le prisoient pour ce que ils le véoient
tout seul, il lança son glaive de soubs s'essèle (il re-
dressa sa lance de dessous son bras) et leur courut sus.
Il n'i ot nul des huit qui y meist défense, ainçois (*mais*)
tournèrent tous en fuie. Dès illec en avant (*depuis*

lors) fu mon prestre bien cogneu en l'ost, et le mon-
stroient l'un à l'autre, et disoient . « Vez-ci le prestre
« monseigneur de Joinville qui a les huit Sarrazins
« desconfiz. »

« ... Le jour de quaresme prenant, me prist la maladie de l'ost, et me couchai au lit malade en la mi-
quaresme. Mon prestre me chantoit la messe en mon
paveillon, et avoit la maladie que j'avoie. Or avint
ainsi que en son sacrement (*au moment de la consé-
cration*) il se pasma. Quant je vi que il vouloit chéoir
(qu'il allait tomber), je sailli de mon li et li dis qu'il
fit tout à trait et tout bellement son sacrement, que
je ne le leroie (*quitterais*) tant que il l'auroit tout fait.
Il revint à soi, et fist son sacrement et parchanta
(chanta jusqu'à la fin) sa messe tout entièrement : ne
oncques puis ne chanta (et jamais depuis il n'en dit
d'autre). »

Nº 2. — ENFANCE ET VIEILLESSE DE FROISSART.

Né conteur, Froissart parle longuement de lui-même
dans ses poésies. Nous réunissons ici ce qu'il rapporte
de sa première et de sa dernière saison :

> En mon jouvent, tous tels estoie
> Que trop volontiers m'esbatoie,
> Et tels que fui, encor le sui ;
> Mès ce qui fu hier, n'est pas hui.
> Tres que n'avoie que douze ans
> Estoie forment (*très*) goulousans (*avide*)
> De voir danses et carolles,
> D'oir menestrels et parolles

Qui s'apertiennent à déduit (*entretien joyeux*),
Et de ma nature introduit
Que d'amer par amour tous ceauls
Qui ament et chiens et oiseaulx.
Quant un peu fui plus assagis
Estre me convint plus sougis (*assujetti*),
Car on me fit latin apprendre...
Je ne poois à repos estre
Car aux enfans me combatoie,
J'ère batu et je batoie.

Et si destoupe mes oreilles
Quant j'oy vin verser de bouteilles,
Car au boire prends grand plaisir :
Aussi fais en beaux draps vestir,
En viande fresche et nouvelle.
Violettes en leur saisons
Et roses blanches et vermeilles
Voi volentiers, car c'est raisons,
Et chambres plaines de candeilles (*lumières*),
Jeus et danses et longues veilles.
En toutes ces choses veir
Mon esperit se renouvelle.

N° 5. — THÉORIES POLITIQUES DE COMMINES.

Quoique Commines avoue n'être point lettré (il ne savait pas le latin), il n'en cherche pas moins à résoudre une des grandes questions de toute philosophie politique, en déterminant la loi générale qui cause les

guerres humaines [1]. Voici comment il procède. Il pose
d'abord que « Dieu n'a créé aucune chose en ce monde,
ni hommes, ni bestes, à qui il n'ait fait quelque chose
son contraire pour le tenir en crainte et humilité. »
Appliquant ce principe à tous les pays chrétiens, il
voit partout certains pouvoirs opposés, Gand à la maison de Bourgogne, la France à l'Angleterre, le Portugal
à l'Espagne, les princes d'Italie aux communes, la
maison d'Autriche aux Suisses, etc. Ces oppositions
lui paraissent nécessaires à cause de la violence de
l'homme. En effet, les faibles et ceux qui ont un maître peuvent bien être tenus dans le devoir, mais non
ceux qui dominent, puisqu'ils ne veulent jamais resti-
tuer ce qu'ils ont pris par la force, et qu'au lieu d'en
être blâmés, ils reçoivent des éloges pour leur avidité.
La religion toute seule serait impuissante pour faire
régner l'ordre ici-bas, puisque, malgré ses préceptes,
les princes ne veulent pas abandonner, même au lit de
la mort, ce qui ne leur appartient pas légitimement,
tandis que quand ils sont faits prisonniers dans les
combats, ils sacrifient des provinces et des trésors
pour se racheter. Comment donc justice sera-t-elle
faite des rois? Laissons répondre Commines.

« J'ay demandé qui fera l'information des grands,
et qui l'apportera au juge, et qui sera le juge qui punira le mauvais? Je réponds à cela que l'information
sera la plainte et clameur du peuple qu'ils foulent et
oppressent en tant de manières, sans en avoir com-
passion ni pitié; les douloureuses lamentations des

[1] Livre V, c. 18. Discours sur ce que les guerres et divisions
sont permises de Dieu pour le chastiement et des princes et des
peuples mauvais.

veufves et orphelins dont ils auront fait mourir les maris et pères, et généralement tous ceux qu'ils auront persécutés tant en leurs personnes qu'en leurs biens. Ceci sera l'information, et par grands cris, et par plaintes et piteuses larmes, la présenteront devant Nostre Seigneur, lequel sera le vray juge ; qui par adventure ne voudra attendre à les punir jusques à l'autre monde, mais les punira en cettuy-cy. »

L'auteur, ayant ainsi montré la nécessité d'une intervention divine pour châtier les grands coupables, y trouve la raison pour laquelle la Providence permet qu'il existe dans le monde des pouvoirs opposés. Elle se sert de cette opposition pour abattre toujours l'injuste et l'oppresseur sous les coups d'un ennemi qu'il méprisait. Le désordre apparent des luttes humaines aboutit donc à un ordre réel.

Nº 4. — RONDEAUX DE CHARLES D'ORLÉANS.

Les fourriers d'esté sont venus
Pour appareiller son logis,
Et ont fait tendre ses tapis
De fleurs et verdure tissus,
En estendant tappis velus
De vert herbe par le pays.
Les fourriers d'esté sont venus
Pour appareiller son logis.

Cueurs d'ennuy piéça morfondus,
Dieu mercy, sont sains et jolis (*joyeux*).
Allez-vous-en, prenez pays,
Yver, vous ne demourrez plus,
Les fourriers d'esté sont venus.

1.

Le temps a laissé son manteau
De vent, de froidure et de pluye,
Et s'est vestu de brouderie
De soleil luyant, cler et beau.
Il n'y a beste ne oyseau
Qu'en son jargon ne chante ou crie.
Le temps a laissé son manteau
De vent, de froidure et de pluye.

Rivière, fontaine et ruisseau
Portent en livrée jolie
Gouttes d'argent d'orfaverie;
Chascun s'abille de nouveau :
Le temps a laissé son manteau
De vent, de froidure et de pluye.

———

Allez-vous-en, allez, allez,
Soucy, soing et mérancolie.
Me cuidez-vous toute ma vie
Gouverner, comme fait avez?
Je vous promets que non ferez,
Raison aura sur vous maistrie :
Allez-vous-en, allez, allez.

Si jamais plus vous retournez
Avecque vostre compaignie,
Je prie à Dieu qu'il vous maudie,
Et ce jour que vous reviendrez :
Allez-vous-en, allez, allez.

———

N° 5. — EXTRAITS DE VILLON.

ÉPITAPHE POUR LUI ET POUR SES COMPAGNONS.

Frères humains, qui après nous vivez,
N'ayez les cueurs contre nous endurciz;
Car si pitié de nous pouvres avez,
Dieu en aura plustost de vous merciz.

Vous nous voyez cy attachez, cinq, six ;
Quant de la chair, que trop avons nourrie,
Elle est pieça dévorée et pourrie ;
Et nous les os, devenons cendre et pouldre :
De nostre mal personne ne s'en rie,
Mais priez Dieu, que tous nous vueille absouldre.

EXTRAIT DE SON TESTAMENT.

Je plaings le temps de ma jeunesse
Au quel j'ay, plus qu'autre, gallé
Jusque à l'entrée de vieillesse ;
Car son partement m'a celé,
Il ne s'en est à pied allé,
N'à cheval, las et comment don ?
Soudainement s'en est vollé,
Et ne m'a laissé quelque don.
Hé Dieu ! se j'eusse estudié
Au temps de ma jeunesse folle,
Et à bonnes mœurs dédié !
J'eusse maison et couche molle
Mais quoy ? je fuyoye l'escole
Comme faict le mauvays enfant ;
En escrivant ceste parolle
A peu que le cueur ne me fend.

CHAPITRE VI.

PÉRIODE DE TRANSITION QUI PRÉCÈDE LA RENAISSANCE.
— CARACTÈRE DU XVIe SIÈCLE.

Poëtes de la période de transition. — Molinet. — Martial d'Auvergne. — Octavien de Saint-Gelais. — Le Maire de Belges.
— Théâtre. — Mystères. — Moralités. — Farces et soties. —
La farce de *Patelin*. — Soties politiques. — Fin de ces diverses représentations. — Caractère du mouvement littéraire qui
se préparait. — La littérature du moyen âge étrangère à la
science. — Les lettrés italiens font renaître les études classiques latines. — Des maîtres grecs enseignent en Italie. —
Mouvement littéraire en deçà des Alpes. — Ébranlement social. — Son résultat définitif.

Entre le règne de Louis XI et celui de François Ier,
entre le moyen âge et la renaissance, il y eut comme
une période de transition courte et obscure, mais pendant laquelle on vit les tendances littéraires changer
de direction.

Jean Molinet, historiographe de Marguerite d'Autriche, tante de Charles-Quint, est le plus ancien des

poëtes de cette période. Rimeur machinal, qui n'a pas
encore de pensée, il se prend à la forme et au son,
mettant sa joie dans les jeux de mots et son triomphe
dans les rimes redoublées.

> *Molinet n'est* sans bruit, ne sans *nom, non!*
> Il a *son son* et (comme tu *vois*) *voix...*
> Car *souvent vent* vient au *molinet net* [1].

Dans une oraison à sainte Anne, il insiste sur le
rapport de son nom avec celui d'une aune (on prononçait *anne* à Valenciennes où il écrivait), et il
trouve que les quatre lettres du mot répondent aux
quatre quarts de l'aune et aux quatre vertus principales de la sainte. Il cherche aussi à donner au *Roman
de la Rose* un sens mystique et le met en prose sous
cette nouvelle face. C'est le plus puéril des écrivains
et le plus fécond.

On croirait reconnaître la même affectation chez

[1] Molinet a partout le goût faux et l'esprit frivole. Dans ses
badinages il va aussi loin que Jean de Meung ; dans ses pièces
historiques il n'intéresse que comme ayant vu ce qu'il raconte.
Voici pourtant un passage où il marque bien les premiers effets
de l'imprimerie :

J'ai vu grand'multitude	Par ces nouvelles modes
De livres, imprimés	Aura maint écolier
Pour tirer en étude	Décrets, Bibles et Codes,
Pauvres mal argentés :	Sans grand argent bailler.

On peut placer à côté de lui Guillaume du Bois, dit Crétin,
qui vivait à Paris et qui obtint pendant sa vie une sorte de renommée, quoique décrié peu après sa mort. Jean Meschinot,
poëte breton, auteur des *Lunettes des princes*, avait composé
deux huitains qui pouvaient se lire à rebours et de plusieurs
manières.

11.

Martial d'Auvergne, auteur des *Vigiles de la mort du roi Charles VII*. En effet, la forme du poëme est des plus bizarres; l'auteur y suit la coupe de l'office des morts; il remplace les psaumes par des récits historiques, et les leçons par des complaintes. Mais quelque étrange que soit ce plan, d'Auvergne écrit avec une simplicité gracieuse tout à fait inconnue à ses prédécesseurs. Parisien comme Villon, il a moins de trait et de force, mais plus d'élégance et autant de justesse dans l'expression [1].

Octavien de Saint-Gelais (qu'il ne faut pas confondre avec son fils Mellin) est un homme de bonne maison, qui a le langage aisé de la cour et qui paye rarement tribut à la mode pédantesque des petits raffinements, quoiqu'il ait laissé échapper de sa plume ces deux vers :

> O mort mordante et destinée à mordre,
> Qui mords à mort, sans mesure et sans ordre.

Ses principales compositions sont des allégories, suivant l'usage de ses contemporains; mais on y distingue quelques imitations des poëtes dont se glorifiait déjà l'Italie et qu'il cite avec éloge. Il admire encore Jean de Meung; mais il s'essaye à traduire des poëtes latins et grecs, symptôme curieux des progrès du goût de son époque, et résultat des bonnes études qu'il avait

---

[1] Voici le commencement d'une strophe de seize vers où il n'emploie que deux rimes :

Mieux vaut liesse	Qu'avoir à largesse
L'accueil et l'adresse	Or, argent, richesse,
L'amour et simplesse	Ne la gentillesse
Des bergiers pasteurs,	De ces grands seigneurs.

faites sous la direction du célèbre Martin Magistri (*le Maistre*), régent d'un des colléges de Paris.

Ces traductions d'Octavien de Saint-Gelais sont les premières où les auteurs de l'antiquité soient reproduits sous une forme poétique. Il n'en existait que des versions en prose dont la plus ancienne paraît être la « Métamorphose d'Ovide, moralisée par Thomas Waleys, *imprimée* dans la noble ville de Bruges en Flandres, par Colart Mansion, en 1484. » Une prétendue translation du livre des Énéides, qui avait paru à Lyon l'année précédente, n'est qu'une analyse informe du poëte latin, « où pourront tous valeureux princes et nobles voir moult de faits d'armes » et « petits et grands s'instruire pour chacun en son droit garder et défendre. » Il semble que l'auteur avait désespéré de faire accepter Virgile autrement que comme historien militaire. Saint-Gelais, plus confiant dans ses forces et dans l'intelligence du lecteur, mit en vers toute l'*Énéide,* quelques morceaux d'Ovide[1], un poëme latin d'Æneas Sylvius (le pape Pie II), et plusieurs livres de l'*Odyssée*. Ce dernier travail fut le seul qui ne reçut pas, avec les honneurs de l'impression, la publicité à laquelle pouvaient déjà prétendre les productions litté-

---

[1] On attribue ordinairement à Jean Bouchet l'honneur d'avoir introduit la succession régulière des rimes masculines et féminines ; mais ce poëte ne faisait que suivre l'exemple donné par Saint-Gelais dans ses traductions, et il l'avoue lui-même. « En « rythme plate n'entrelassois les masculins et féminins vers, « comme a communément fait M. Octavian de Saint-Gelais, en « ses épîtres d'Ovide et Énéide de Virgile, desquelles j'ai curieu- « sement suivi la phrase en ce que mon rude engin (esprit) en « a pu comprendre. »

raires. Toutefois, l'auteur, qui mourut jeune, en 1502,
ne fut pas témoin de l'accueil favorable fait à ses traductions par un public qui devenait avide des trésors
déjà mieux connus de l'antiquité.

A la même époque de transition appartient Jean le
Maire de Belges (c'est-à-dire de Bavai), neveu de Molinet et son successeur auprès de Marguerite d'Autriche.
Les premiers ouvrages de ce poëte ne s'élèvent guère
plus haut que ceux de son oncle. Nous le voyons attribuer toutes les infortunes de Marguerite à la lettre M
qui commence son nom, et qui est l'initiale des mots
malheur, misère, martyre, mort, etc. Mais bientôt à
ces froides puérilités succède un badinage gracieux
dans les épîtres où il évoque l'ombre du perroquet de
la princesse, sous le nom énigmatique de l'*Amant vert*.
Des allégories parfois ingénieuses et surtout une meil-
leure facture du vers finissent par assigner à le Maire
la première place parmi ses contemporains. Ce fut lui
qui signala le mauvais effet des césures qui tombaient
sur des syllabes muettes, et Marot, qui tenait de lui
l'habitude de s'interdire ces chutes sourdes, en fit une
loi que l'usage vint consacrer.

Telles sont les sommités littéraires de la période
pendant laquelle la poésie se préparait sans beaucoup
d'éclat à prendre des formes plus épurées et à puiser
à des sources plus fécondes. Mais dans une région
alors un peu inférieure (celle du théâtre), le mouvement des idées se révélait plus nettement. Ce n'est pas
que les mystères eussent acquis plus de perfection :
à mesure qu'on faisait de nouveaux efforts pour étendre et compléter ces tableaux profanes de sujets sacrés, on se trouvait plus embarrassé par les difficultés

matérielles de la représentation. La grossièreté des acteurs, du théâtre, de l'auditoire lui-même [1], retenait le drame dans la barbarie. Aussi ne voyons-nous aucun des meilleurs poëtes de ce temps s'adonner à ces compositions démesurées. Il n'y a guère plus de mérite littéraire dans les moralités, mystères réduits à des proportions moins étendues, et dont le nom même indiquait le dessein de parler davantage à l'intelligence qu'aux yeux. Les basochiens (l'association des jeunes gens qui servaient de clercs aux procureurs et aux greffiers du palais) avaient adopté ce genre de pièces; mais ils cherchèrent à le varier en y admettant des paraboles, des légendes et des allégories. Cette der-

---

[1] Il s'était formé dans les principales villes (à Paris vers 1400) des confréries de bourgeois qui s'adonnaient à représenter la Passion et d'autres mystères,

> Joués d'aussi mauvaise grâce,
> Que sotte est cette populace,

dit un peu plus tard le poëte Grévin. Le soin avec lequel les auteurs développent les rôles grossiers et burlesques prouve quel était le génie dominant des acteurs et du public : évidemment les intermèdes bouffons étaient en faveur. Plusieurs passages font allusion au bruit qui régnait dans la foule. « Béni soit celui qui se taira ! » disent les prologues. Quant aux moyens mécaniques, aux décors, à l'appareil extérieur, tout était dans l'enfance. On a recueilli l'histoire d'acteurs qui avaient couru risque de la vie en représentant de saints personnages. Le théâtre, divisé en plusieurs scènes et dont l'étage inférieur figurait ordinairement l'enfer, n'offrait de communications qu'à l'aide d'échelles. Le goût populaire exigeait le plus grand développement possible de pompe et de mouvement scénique, tandis que la poésie religieuse ne pouvait encore avoir de grandeur que par sa simplicité.

nière classe fut peut-être la plus nombreuse. Dès le
temps des trouvères, il avait été de mode de person-
nifier des idées abstraites pour les mettre en action.
Ce goût, qui se prolongea jusqu'au xvi⁰ siècle, amena
les créations poétiques les plus bizarres, et Jean Molinet, toujours à la tête des inventeurs puérils, pro-
duisit sur la scène des caractères fantastiques. Mais
l'esprit français, plus porté à la raillerie qu'à ce vaga-
bondage de l'imagination, devait se tourner bientôt
dans un autre sens, et l'élément comique fut celui qui
se développa.

Nous avons dit que Louis XI avait proscrit les scènes
joyeuses qu'on appelait farces et soties (ces dernières
étaient, à proprement parler, des farces allégoriques);
mais Louis XII, roi populaire, les permit de nouveau,
rendant à la foule un amusement que ses prédécesseurs avaient déjà trouvé dangereux. Aussitôt paru-
rent une foule de petites pièces bouffonnes, dits,
fabliaux et contes de toute espèce, adaptés à la scène
avec moins d'art que de gaieté. Plusieurs sont plaisan-
tes, une seule intéresse; mais celle-ci est un petit
chef-d'œuvre. Elle a pour titre le nom du principal
personnage, maître Pierre Patelin, avocat fripon, qui
dupe un riche bourgeois et se voit dupé lui-même par
un berger. C'est vers l'an 1500 que semble avoir été
composée cette farce ingénieuse, dont l'auteur inconnu
semble avoir emprunté son sujet à quelque récit plus
ancien. Mais les détails pleins d'esprit et de finesse, le
style d'un naturel charmant, donnent au fond presque
toute sa valeur. L'avocat veut se fournir d'une robe
aux dépens du drapier le plus riche et le plus inté-
ressé de la foire. Il se présente à lui pour renouveler

la vieille liaison qu'il a eue, dit-il, avec son père, le plus sage homme de son temps, et auquel il est charmé de voir combien maître Guillaume ressemble [1]. Flatté du compliment, le marchand se déride, cause avec cet honnête étranger, montre son drap dont Patelin a parlé comme par hasard, en dit le prix, coupe un grand morceau et le lâche. Mais l'avocat remet le payement au dîner : car il veut régaler d'un bon repas le fils de son ancien ami. L'heure venue, maître Guillaume va frapper à sa porte : mais qu'apprend-il? Patelin est malade depuis longtemps, alité, en délire. Il s'obstine toutefois; alors le moribond apparaît devant lui, si défait, si égaré, si prêt à rendre l'âme, que le pauvre marchand se retire convaincu d'avoir été le jouet de quelque méchant lutin. Cependant une cause se plaide devant le juge : c'est celle du drapier contre Agnelet, berger infidèle qui lui a volé ses moutons. Maître Guillaume exposait clairement ses griefs, quand ses regards tombent sur le défenseur de l'accusé et qu'il reconnaît Patelin lui-même. Alors ses deux pertes se présentant à la fois à sa pensée, il parle en même temps du drap qu'on lui a pris et des agneaux qui lui manquent. Plus il y a d'amertume dans ses

---

[1]   Je requiers Dieu qu'il en ait l'ame
        De vostre père. Doulce Dame,
        Il m'est advis tout clairement
        Que c'est-il de vous proprement!
        Qu'était-ce un bon marchant et saige!
        Vous lui ressemblez de visaige...

              LE DRAPIER.

        Séez-vous, beau sire!

souvenirs et moins il réussit à les expliquer, tandis que le berger, interrogé par le juge, suit le conseil de l'avocat, qui lui a dit de ne répondre qu'en bêlant, comme s'il était idiot. Entre cette défense inintelligible et la plainte du drapier, qui n'est pas plus claire, le magistrat incertain met les parties hors de cour. Mais quand Pierre Patelin tend la main à son client pour être payé, il n'obtient que la réponse qu'il lui a enseignée lui-même : Agnelet bêle et s'enfuit.

Aussi spirituellement écrite qu'ingénieusement conçue, la farce de Patelin tient sans contredit le premier rang parmi toutes les compositions de cette classe, au point de vue littéraire. Mais quelques soties offrent un autre genre d'intérêt : c'est celui qui résulte de leur portée politique. Le voile de l'allégorie était favorable à toute espèce d'allusions, et la liberté dont jouissait le théâtre dans son enfance ne laissait pas que d'avoir une certaine action sur la pensée des masses. Aussi le gouvernement lui-même ne dédaignait-il pas d'employer quelquefois ces représentations satiriques dans l'intérêt de sa popularité. Ce fut ainsi que Pierre Gringore, poète assez médiocre, mais grand « compositeur, historien et facteur de mystères, » osa faire jouer à Paris, en 1512, le jour du mardi gras, une sotie dont l'audace surpassait toute croyance. Il y avait personnifié le pape Jules II, alors en démêlé avec Louis XII, et il le faisait chasser de la scène à coups de verges quand on avait reconnu que sous l'habit de l'Église était cachée une usurpatrice burlesque (la Mère sotte). On s'accorde à croire qu'en cette occasion le roi lui-même avait encouragé la hardiesse de l'auteur, afin d'animer l'opinion publique contre le pontife et de mettre en faveur sa propre cause. Mais quand l'exemple eut été donné de faire monter sur le théâtre la satire politique, elle ne s'arrêta pas après un premier succès, et les historiens nous racontent que sous le même règne les basochiens jouèrent le monarque en personne. Il était représenté sous la figure d'un prince malade auquel les anciens remèdes (les impôts établis sous ses prédécesseurs) ne pouvaient rendre la santé. Mais un nouveau médecin (son chancelier) proposait une panacée suprême : c'était de l'or rendu potable. Cette agréable liqueur se trouvait convenir à merveille au malade, qui se rétablissait alors par degrés, mais dont la soif augmentait à mesure que les flots d'or s'engloutissaient dans ses entrailles. Louis XII eut le bon esprit de ne point s'irriter de cette allégorie; il voulut voir lui-même la pièce qui faisait rire sa bonne ville, et il partagea, dit-on, l'hilarité des spectateurs. Cependant on peut douter que la majesté royale eût souffert longtemps avec impunité de pareilles railleries.

Aussi la liberté dont les basochiens, les Enfants sans souci, et toutes ces joyeuses associations d'une folle jeunesse avaient eu le privilége sous le bon roi, cessa-t-elle avec lui. Dès la première année du règne suivant (1516), il leur fut interdit de jouer farce ou sotie où il fût question des princes ou princesses. Vingt ans plus tard, un autre arrêt du parlement proscrivit les allusions à quelque personne que ce fût. Il fallut donc que le génie comique cherchât des voies nouvelles : on verra que ce fut la science qui les lui ouvrit.

Les mystères tombèrent aussi, quoique un peu plus

tard, sous les coups de l'autorité judiciaire. Ils avaient
redoublé de pompe et de splendeur, jusqu'à offrir à la
fois sur la scène la gloire des régions célestes, où Dieu
était entouré des vertus et de neuf chœurs d'anges, et
l'horreur des demeures infernales où les démons, armés d'artillerie, s'efforçaient de résister au Christ qui
venait rompre leurs portes ; mais pour égayer la
longueur démesurée des représentations, les entrepre-
neurs y mêlaient quelquefois des intermèdes plaisants.
Le public, dont l'intelligence s'était formée, riait de la
médiocrité inévitable d'une partie des acteurs, quelquefois même des paroles que leur prêtait un poëte
grossier. Le parlement, qui avait déjà censuré ces
jeux populaires comme un objet de scandale, finit par
défendre absolument (en 1548) toute autre représentation que celle de sujets profanes et honnêtes. Ainsi le
champ fut ouvert à un nouvel ordre de productions :
la tragédie allait renaître.

A voir s'écrouler ainsi la scène que le moyen âge
avait construite et que le peuple aimait encore tout en
cessant déjà de la révérer, on reconnaît qu'un changement s'était opéré dans l'état des esprits. A peine cependant la pensée publique avait-elle paru se modifier
depuis la fin du XIIIe siècle, et le Roman de la Rose
était encore le livre en honneur. Mais quelque lente
qu'eût été jusqu'alors la marche de l'intelligence et de
la civilisation, le moment approchait enfin où de nouvelles idées allaient se faire jour et donner à la littérature un vaste développement : grande et tumultueuse
révolution, qui s'était préparée en silence, mais qui fut
accompagnée d'orages et de secousses dont la cause
doit être recherchée assez loin.

Les productions littéraires du moyen âge nous ont presque toujours offert le reflet de la pensée publique, jamais l'écho d'une sphère plus élevée, l'expression d'une doctrine, le retentissement de la science. Ni les troubadours ni les trouvères ne paraissent avoir jeté les yeux sur les modèles que leur offraient les poëtes anciens, et leurs poëmes didactiques n'offrent que de pâles reproductions des traités de l'époque. Le Florentin Brunetto Latini, qui avait écrit en langue d'oïl, vers l'an 1280, un « Trésor compilé de sapience comme extrait de tous les membres de philosophie, » est le seul penseur qui paraisse avoir essayé dès ce temps d'exprimer en langue vulgaire l'ensemble des connaissances humaines [1]. Mais il n'eut point d'imitateurs. La philosophie scolastique qui régnait alors en France pouvait d'autant moins descendre à l'idiome populaire, qu'elle mêlait la religion à son enseignement. Elle ne se révéla donc qu'en latin, et resta dès lors inaccessible à la foule. Il en fut de même des branches moyennes de la science, la grammaire, l'histoire, l'examen de la nature sous ses faces diverses : tous les grands travaux, tous les livres d'étude profonde, empruntaient la forme latine, qui les voilait aux yeux des masses. La voix du monde savant ne retentissait point au dehors : elle laissait la société ignorante et la littérature muette. L'indifférence publique répondit à cet isolement absolu, et l'on peut re-

---

[1] Brunetto Latini, un des esprits les plus profonds du XIIIe siècle et qui avait été le maître du Dante, s'était retiré à Paris après le triomphe des Gibelins. Il écrivit son Trésor en français, parce que c'était « une parlure plus délitable et plus commune à tous « langages. »

marquer que les grands mouvements dont l'école fut
parfois agitée n'ont laissé presque aucune trace dans
les ouvrages des poëtes du temps [1].

Ce fut d'Italie que vint la lumière qui éclaira la littérature et la fit monter au niveau de la science. Ce
pays, où d'abord la poésie s'était éveillée à la voix des
troubadours provençaux, eut au xiiie et au xive siècle
de grands poëtes auxquels rien ne pouvait se comparer
dans le reste de l'Europe. Le Dante et Pétrarque ne
créèrent pas seulement des modèles parfaits; ils ré-
pandirent en quelque sorte l'intelligence de la poésie et
le sentiment littéraire qui n'existait pas encore chez
les autres peuples. L'Italie entière s'éprit des œuvres
du génie et tourna ses regards vers les débris de la
littérature classique où il rayonnait avec tant d'éclat.
Pétrarque lui-même donna pour ainsi dire le signal de
ce culte pour l'antiquité (1350); suivre de loin les traces de Virgile et de Cicéron fut la gloire dont il se
montra le plus jaloux. Bientôt tous les lettrés italiens
se piquèrent de pénétrer pour ainsi dire dans le monde
romain, de se familiariser avec la parole et la pensée
des contemporains d'Auguste, et de rejeter le latin barbare qu'avait conservé l'école pour le remplacer par un
langage pur, noble, intelligent. Les papes Nicolas V et
Pie II, les Médicis, les marquis d'Este et de Gonzague,
furent les protecteurs généreux de ce mouvement lit-

---

[1] Il est resté une chanson des écoliers d'Abélard; mais elle est
en latin au refrain près. Les trouvères ne racontent rien ni de
lui ni des autres docteurs dont la renommée remplissait l'Europe. Quelquefois ils se raillent grossièrement des personnages
les plus vénérables : leur seul favori est Guillaume de Saint-
Amour, qui avait combattu les nouveaux ordres religieux.

téraire qui préparait les gloires de la renaissance. Sur
ces entrefaites, les progrès rapides de la puissance
turque et enfin la prise de Constantinople (1453) re-
foulèrent vers les contrées romanes ce que la Grèce
avait conservé jusque-là de grammairiens et de philosophes. L'Italie accueillit ces maîtres fugitifs qui lui
firent connaître les poëmes d'Homère et la doctrine de
Platon. Bientôt elle eut ses platoniciens qui formèrent
une académie à Florence, et ses hellénistes qui tradui-
sirent en latin presque tous les grands auteurs grecs.
Ainsi se dévoilaient à l'intelligence moderne tous les
trésors des civilisations perdues.

La découverte de l'imprimerie, qui eut lieu vers la
même époque (1450), augmenta le retentissement de
ces conquêtes savantes. L'activité de la presse fut con-
sacrée surtout à reproduire les écrivains classiques et
les ouvrages qui en facilitaient l'intelligence. Le langage de l'antiquité, mieux étudié qu'il ne l'avait été
jusqu'alors, éclaira l'esprit en relevant le style, et ren-
dit la pensée publique ambitieuse de nouveaux progrès. Cette ambition se prit à toutes choses : à l'enseignement littéraire, qui partout acquit une extension
jusque-là inconnue; aux livres, qui, en se multipliant,
tendirent à une correction glorieuse et à une beauté
éclatante; aux productions nouvelles, soit françaises,
soit latines, dont la forme devint plus étudiée et les
ornements souvent excessifs. Le xvie siècle s'ouvrit
avec un sentiment d'orgueil auquel se mêlait déjà une
sorte de dédain du passé. Le monde scolastique, si l'on
peut désigner par ce nom tout ce que représentait
uniquement la science du moyen âge, n'était pas encore attaqué dans ses doctrines; mais sa forme, qui

12.

avait conservé sa rudesse, blessait le goût plus délicat
de la génération naissante. Avant de se rajeunir, il
essaya de lutter, ou du moins ce qu'il renfermait
d'hommes obscurs, de cœurs craintifs, d'intelligences
étroites, d'éléments barbares, résista un moment.
Mais ces maîtres, qui avaient été jusque-là les rois de
la science et de la pensée, furent débordés par le flot
de la littérature nouvelle. Un cri s'éleva contre la
grossièreté de leur langage et l'insuffisance de leur savoir. C'était une déclaration de guerre dont nul encore
ne pouvait prévoir les suites : car les restaurateurs des
lettres latines et grecques, Érasme dans les pays du
Nord, Budée en France, étaient loin de croire que le
mouvement qu'ils imprimaient aux esprits dût jamais
agiter la société elle-même.

Mais ce mouvement se manifestait à une époque où
les institutions féodales, déjà complétement usées,
s'écroulaient de jour en jour. La société du moyen âge,
forte et grande au temps de Philippe-Auguste et de
saint Louis (comme on le reconnaît au développement
de la littérature vers cette époque), n'avait fait depuis
lors que se désorganiser, et ses chroniqueurs aussi
bien que ses poëtes nous ont donné la mesure de son
affaiblissement moral. Tout ce qui appartenait au
passé dans la vie politique et sociale touchait donc à
son terme au moment même où la pensée voyait s'ouvrir devant elle des champs nouveaux. Cette dangereuse coïncidence devait faire du xvie siècle une période
de crise en même temps que de progrès. En renversant
des ruines, il pouvait aussi miner les bases de la civilisation, et, pour rompre avec le passé, briser l'avenir.
Il est impossible, en effet, qu'un peuple traverse avec

calme les âges de révolution qui renouvellent à la fois ses institutions, ses mœurs et ses idées. Une effervescence générale des esprits naît de l'ébranlement de toutes choses, l'ardeur de détruire éclate aussi puissamment que le besoin de créer, la raison elle-même se passionne comme la colère, et pour juger ceux qui ont dirigé alors ou exprimé la pensée publique, la postérité a besoin de se souvenir que le monde tremblait autour d'eux.

Ne soyons donc pas étonnés que ce siècle, où la littérature française nous offre ses premiers monuments durables et s'allie glorieusement au génie de l'antiquité, semble aussi nous montrer l'intelligence en révolte, l'autorité des doctrines et des lois méconnue, toute croyance attaquée, tout pouvoir en péril. Au milieu de cette effroyable confusion, rien ne succomba que ce qui devait périr, et, à la fin d'une époque si menaçante, nous trouverons la société raffermie, déjà prête à recevoir cette unité suprême que le règne de Louis XIV devait réaliser.

CHAPITRE VII.

RÈGNE DE FRANÇOIS Ier. — MAROT. —CALVIN. — RABELAIS.

Les lettres protégées par François Ier. — La langue se perfec-
tionne. — Influence des études classiques et des relations avec
l'Italie. — Les idées chevaleresques du roi sans effet sur la
littérature. — Marot. — Ses ouvrages. — Son caractère. — Son
goût pour les vieux poëtes français. — Qualités de son style.
— Son inégalité. — Ses tendances personnelles. — Mellin de
Saint-Gelais. — Habert. — Désordre des idées à cette époque.
— La reine de Navarre. — Influences qui agitaient la société.
— Calvin et le livre de l'Institution de la doctrine chrétienne.
— Système de l'écrivain. — Caractère de ses doctrines. — Son
talent. — François Rabelais. — Sa langue. — Nature de son
livre. — Sa vie. — En quoi consiste son scepticisme. — Sa
manière se rapproche de celle des comiques. — Sa foi dans
l'avenir. — Ses imitateurs ne reproduisent que ses défauts.

Le règne de François Ier s'annonçait heureusement
pour la France lettrée. Le jeune monarque, d'un caractère ardent et d'une vive intelligence, aimait les
arts, la poésie, la science même. L'esprit de la cour

se ressentait d'ailleurs des expéditions que les rois
précédents avaient faites en Italie, pour tenter la conquête de Naples et du Milanais. L'élite de la noblesse
avait visité ce pays florissant et s'était éprise de toutes
les splendeurs de sa civilisation. Déjà on aspirait à
les reproduire ; la politesse des mœurs, l'élégance du
langage, le goût de la magnificence qui se révélait
dans les choses extérieures, marquaient le commencement d'une ère nouvelle. François avait autour de
lui quelques hommes de savoir, et prit surtout confiance en Budée, son bibliothécaire et plus tard son
ambassadeur à Rome. Ce docte personnage lui inspira la pensée de fonder à Paris le collége de France
comme un immense foyer des hautes études, et quoique, dans sa réalisation, ce noble projet demeurât fort
au-dessous des premiers plans du monarque, il hâta
cependant le développement général de l'instruction.
Le roi encouragea aussi l'imprimerie, traita les lettrés
avec honneur, s'intéressa quelquefois à leurs travaux,
et s'il ne fut pas auteur lui-même comme sa sœur
Marguerite, reine de Navarre, quelques vers composés dans ses loisirs montrent du moins un esprit
facile et cultivé. Son exemple inspirait à toutes les
classes la même estime pour les talents qu'il proté-
geait. Bientôt la reconnaissance des poëtes et des savants salua du nom de Père des lettres le monarque
dont la faveur était descendue sur eux, et l'âge suivant
confirma cet éloge.

Parmi les signes qui nous révèlent à cette époque
le progrès général de la littérature, il faut mettre en
première ligne le perfectionnement de la langue,
remarqué par tous les contemporains. Voici comment

s'exprime Antoine Héroët, poëte du second ordre, dans une dédicace à François Ier :

> Sous vostre nom, sous vostre bon exemple,
> On peut vanter ce royaume très ample
> De n'estre moins en lettres fleurissant
> Qu'on l'a connu par guerre très puissant.
> Sur ce propos ma langue ne peut taire
> Ce que vous doit nostre langue vulgaire,
> Laquelle avez en tels termes réduite,
> Que par elle est la plus grand part traduite
> De ce qu'on lit de toute discipline
> En langue grecque, hébraïque et latine,
> Et a acquis telle perfection,
> Que l'on dira sans adulation
> De vostre langue, ainsi que l'on disoit
> Du temps que Tulle (*Cicéron*) au sénat devisoit.

Il ne faut pourtant pas croire que le nombre des traductions fût déjà très-considérable, ou leur mérite bien réel. L'étude des auteurs grecs avait fait naître une pâle et languissante version de l'*Électre* de Sophocle et de l'*Hécube* d'Euripide, par Lazare de Baïf, et les douze premiers livres de l'*Iliade* avaient été mis en vers français avec un peu plus de bonheur par Hugues Salel ; là se bornaient les grandes imitations classiques. Mais le retour vers l'antiquité se manifestait dans toutes les productions de quelque importance : des passages anciens, cités ou pris pour modèles, des expressions latines introduites en grand nombre dans la prose et dans la poésie (surtout dans les vers de Rabelais), l'autorité des orateurs et des philosophes dépassant de toutes parts l'enceinte de l'école, imprimaient au langage et à la pensée un

mouvement trop profond pour ne pas être durable.
Il y eut même un moment où l'abus des formes savantes parut menacer le vieux français d'une altération
qui pouvait devenir un mal si elle avait été poussée
plus loin [1].

La douceur et le poli que prenait en même temps la
langue littéraire tenait surtout à la connaissance de
l'italien, qui s'était répandue à la cour et qui avait
mis le beau parler en aussi grande estime que le bel
esprit. On lisait, ou du moins on se piquait d'avoir lu
Pétrarque et Boccace. Le premier de ces deux auteurs
avait été traduit en prose française dès 1514. Une nouvelle traduction en vers fut publiée en 1538 par Jean
Menier, baron d'Opède [2]. Quant à ses imitateurs, parmi
lesquels se plaça Marot lui-même, le nombre en fut si
grand, que nous voyons sous Henri II les jeunes seigneurs accusés de *pétrarquiser*. Dès le règne suivant,
les grammairiens se récriaient contre le français ita-
lianisé des courtisans.

Mais si l'influence du monarque et l'effet des événements politiques semblaient ainsi réagir sur le langage et sur la société, remarquons toutefois, car
c'est un fait assez significatif, que ce ne furent point
les idées personnelles de François Ier qui régirent ce
mouvement de la littérature. L'élément chevaleresque,

---

[1] Le premier livre de *Pantagruel*, écrit en 1533, contient d'a-
mères railleries contre la contrefaçon du langage français par
les écoliers « de l'alme, inclyte et célèbre académie que l'on
vocite Lutèce. »

[2] C'est le même qui fut premier président du parlement de
Provence, et qui n'évita qu'à grand'peine le supplice qu'il avait
mérité par sa cruauté envers les Vaudois.

qui dominait en lui, avait cessé de prévaloir dans
l'esprit de son siècle. Ce roi gentilhomme, qui avait
trouvé un Bayard pour lui conférer l'accolade, ne
trouva ni un Froissart pour raconter ses entreprises
de guerre, ni un Arioste ou un Tasse français pour les
chanter. Il mit lui-même en vers le récit du désastre
de Pavie, et pas une voix sonore ne célébra le triomphe de Marignan. Il aimait les romans de chevalerie,
et fut réduit à se faire lire l'*Amadis espagnol*. Une
traduction, qui en avait été commencée sous ses aus-
pices, ne parut pas même de son temps, et ne fut jamais terminée.

C'est cependant auprès de lui et dans sa maison
même que nous apparaît le poëte dont les chants
avaient alors le plus d'écho, et qui conserve encore
presque toute sa gloire. Clément Marot, fils d'un
valet de chambre de Louis XII, avait été attaché
d'abord au même titre à la duchesse d'Alençon (plus
tard reine de Navarre), et il passa ensuite au service
du roi. Son talent et sa renommée, qui de bonne
heure lui avaient acquis les avantages d'une position
assez douce et d'une faveur indulgente, semblaient
en revanche lui imposer ces devoirs de courtisan que
les princes attendent d'un poëte domestique; mais la
poésie légère, qu'il cultiva presque seule, lui permit
de se livrer assez librement aux fantaisies d'un élégant badinage. Sans emboucher la trompette héroïque
pour François Ier (comme son père l'avait fait pour
Louis XII), il ne s'occupe guère que de ses compositions favorites : l'épître, où il excelle; l'élégie, où il
est moins heureux; le rondeau, la ballade, la chanson, et surtout l'épigramme, nom sous lequel il com-

prend, comme les anciens, de petites pièces aussi
souvent tendres ou plaintives que mordantes. C'est à
peine s'il essaye de manier en passant le vers alexandrin, création majestueuse d'une époque d'enthousiasme. Son vers habituel est celui de dix syllabes,
dont la marche inégale se prête mieux à la grâce mobile de sa pensée. Mais si la portée de ses petits poëmes
n'est jamais bien vaste, ils n'en forment pas moins un
ensemble où nous apprenons à le connaître tout entier : car c'est de lui-même qu'il nous entretient le plus
souvent et avec le plus de charme.

Aimé du roi sans avoir reçu de lui de grands bien-
faits, et assez gâté à la cour pour oublier la distance
qui le sépare des plus grandes dames, Marot est resté,
dans le palais de son noble maître, le rejeton des ménestrels et des conteurs de fabliaux. Quoique courageux au besoin sur un champ de bataille, car il n'a
pas quitté le monarque à la journée de Pavie et s'est
fait prendre avec lui, ses penchants n'ont rien d'héroïque, et François I⁰ʳ dut sourire en le voyant s'intéresser de bonne grâce aux tribulations des Enfants
sans souci, pour lesquels il lui adressa une requête.
Son imprudence étourdie remplit sa carrière de tra-
verses, dont il semble s'être consolé en les récitant.
Aussi ses meilleurs morceaux roulent-ils sur ses mésa-
ventures. Il lui arrive un jour d'être volé par son valet,
qui lui dérobe sa bourse et ses habits; c'est le sujet de
sa peinture la plus joyeuse; car il rit encore en nous
montrant ce maître larron

Sentant la hart (*la corde*) d'une lieue à la ronde,
Au demeurant le meilleur fils du monde!

1.   45

C'était pourtant là bourse la plus enflée que le poëte eût possédée de longtemps, et le voleur ne s'est pas contenté de prendre son plus mauvais cheval.

> . . . . Deux chevaux trouva;
> Laisse le pire et sur le meilleur monte,
> Pique et s'en va.

Marot ne se venge que par une épithète prophétique de ce cavalier « chatouilleux de la gorge, » bien sûr qu'il arrivera quelque jour au gibet, mais trop indulgent pour le souhaiter. Lui-même se brouille avec les gens de justice, se fait mettre en prison, et en attendant sa délivrance, s'amuse à décrire celle du rat d'Ésope, lorsque, sauvé par le lion,

> Il met en terre un genouil gentement,
> Et, en ostant son bonnet de sa teste,
> A mercié mille fois la grand'beste.

Ce caractère léger, mais serein, donne à Marot la qualité que son âge prisait par-dessus les autres, la gentillesse. Il est toujours fin, spirituel, souriant. C'est le trouvère adouci par une frivolité mêlée d'élégance. Toutefois son talent a des côtés plus sérieux que son esprit : non pas que Boileau se soit exprimé avec exactitude en lui attribuant des innovations dans la coupe du rondeau et dans la construction du vers; mais la pensée du critique était vraie s'il voulait dire que le poëte semblait avoir rajeuni tous les vieux éléments de la poésie française, par son habileté à les mettre en œuvre. Dans ce sens on peut répéter qu'il

> . . . . . . fit fleurir les ballades,
> Et montra pour rimer des chemins tout nouveaux.

Quoiqu'il eût d'abord assez mal appris le latin [1], on reconnaît bientôt, en parcourant ses ouvrages, qu'il savait apprécier le génie des anciens et surtout la perfection de leur style. Non-seulement il traduisit quelques parties des *Bucoliques* de Virgile et des *Métamorphoses* d'Ovide, mais encore il essaya de se modeler sur eux, et dans les églogues qu'il composa à l'exemple du premier, la facture même du vers se ressent de la douceur antique. Il emprunta des traits gracieux à Catulle, des épigrammes à Martial, et sut conserver leur caractère à ces morceaux d'emprunt. Il s'associa donc à cette génération lettrée qui comprenait l'insuffisance des efforts précédents et qui aspirait à s'élever plus haut; mais l'imitation ne lui fit point abjurer sa propre nature. Ni la régularité latine, ni la recherche italienne (car Pétrarque et les poëtes latins modernes lui servent aussi parfois de guides) ne lui ôtent l'esprit français dont chacune de ses paroles est empreinte. Si vous le comparez à ses prédécesseurs, la douceur et l'élégance de son style vous révéleront l'étude qui se joint chez lui à l'inspi-

---

[1] Il impute sa négligence aux maîtres de son temps qui enseignaient encore d'une manière barbare :

> C'étaient, ma foi, de grosses bestes
> Que les régents du temps jadis ;
> Jamais je n'entre en Paradis,
> S'ils ne m'ont gasté ma jeunesse!

ration. Si vous le lisez seul, sa grâce et sa naïveté
vous persuaderont que c'est encore un trouvère qui
chante en se jouant, et qui n'a d'autre savoir que celui
de la ménestrandie. C'est en effet la vieille poésie
française, la vieille langue, le vieux génie du peuple
qui semble avoir eu le plus d'attrait pour lui. Après
avoir traduit Virgile ou Ovide, recueilli quelque butin
dans Martial ou dans Pétrarque, il reprenait le Roman
de la Rose et s'occupait à en revoir le texte pour y rajeunir les expressions vieillies. Il donna lui-même une
nouvelle édition de cet ouvrage, ainsi que des poésies
de Villon, jusque-là éparses et qui allaient se perdre.
Ainsi, loin de briser avec violence la chaîne qui unis-
sait le présent au passé, nous le voyons se complaire
à en réunir les anneaux.

Le sentiment de l'élégance, qui commençait à se
répandre, et dont Marot était éminemment doué,
devait faire bannir de la poésie une foule de locutions
tolérées autrefois malgré leur grossièreté ou leur
bassesse. Là surtout, son exemple put servir de leçon
à son époque. Quoique souvent familière, la langue
qu'il parle n'a presque jamais rien de brutal et
d'ignoble. Les expressions en sont choisies, toujours
avec justesse, souvent avec goût. Il ne se hasarde pas
à créer des termes nouveaux; il en fait peut-être
assez peu revivre : mais il n'en admet presque jamais
aucun qui blesse ou qui soit déplacé. Dans le genre
noble la richesse lui manque, et sous ce rapport l'âge
suivant eut à renouveler le langage : mais il sait
pourtant, sans sortir d'un cercle étroit, atteindre à
l'énergie aussi bien qu'à la grâce. Plusieurs de ses
épigrammes ont la douceur et la finesse grecques : il

en est une que Voltaire a proclamée le chef-d'œuvre
du genre noble.

> Lorsque Maillard, juge d'enfer, menoit
> A Montfaucon Samblançay l'âme rendre,
> A votre avis lequel des deux tenoit
> Meilleur maintien ? — Pour vous le faire entendre,
> Maillard sembloit l'homme que mort va prendre,
> Et Samblançay fut si ferme vieillard,
> Que l'on croyoit pour vray qu'il menast pendre
> A Montfaucon le lieutenant Maillard.

Si le poëte savait se maintenir longtemps à cette
hauteur, la tâche réservée à Malherbe se trouverait
remplie d'avance; mais il devait encore s'écouler
près d'un siècle avant que la muse française pût
prendre un essor soutenu, et ni la pensée poétique,
ni le goût des lecteurs n'y étaient préparés. Autant
les traits fins et ingénieux des épîtres et des épigrammes étaient appréciés des beaux esprits, autant
le grandiose et le sublime restaient inconnus. Marot
échoua complétement dans ses efforts pour s'y élever. Sa complainte sur la mort de la duchesse d'An-
goulême, mère du roi, et sa traduction des Psaumes
de David, entreprise à la recommandation assez
étrange de quelques théologiens, sont empreintes
d'une faiblesse et d'un mauvais goût qu'on ne lui
retrouve point ailleurs. Cependant, ces deux ouvrages, les moins dignes de son talent, eurent le succès le plus complet, surtout les psaumes, que le roi et
la cour fredonnaient, dit-on, à Paris, pendant que Calvin les faisait répéter à Genève : tant on savait encore
peu distinguer le ton de l'hymne de celui des chants
vulgaires !

13.

Après avoir examiné chez Marot le poëte, il nous
reste à chercher la place de l'homme au milieu de
ses contemporains. Nul autre ne fut plus entraîné
par le courant des choses ; car ce conteur ingénieux
n'était dans les réalités de la vie qu'un esprit faible
qui se laissait aller à chaque impression. Ses dis-
grâces personnelles, qu'il supportait avec philosophie
quand elles étaient passagères, se trouvèrent malheureusement aggravées par le contre-coup des secousses qui agitaient la France ; car tandis qu'il re-
lisait Villon et Jean de Meung, la voix de Luther,
qui grondait au delà du Rhin, avait déjà retenti dans
les écoles que François Iᵉʳ venait d'ouvrir. Elle
trouva de l'écho chez une partie des lettrés qui faisaient encore une guerre sourde aux anciennes études, et qui croyaient voir un progrès dans chaque in-
novation. A défaut d'autorité, les nouvelles doctrines
invoquaient les sciences : elles alléguaient des textes
hébreux et grecs, que les beaux esprits ne pouvaient
guère contrôler, mais qui semblaient promettre une
conquête de plus au génie du siècle. Il y eut un moment où le monde littéraire fut emporté vers le protestantisme, et des soupçons, peut-être prématurés,
atteignirent le poëte railleur qui, en causant avec les
dames de la cour, avait fait l'esprit fort. Marot se crut
l'objet de quelque noire vengeance : nous le voyons
qui rejette hautement l'imputation d'hérésie. Je ne
suis, dit-il du fond de sa prison,

> . . . . Ne luthériste,
> Ne zuinglien, ne moins anabaptiste,
> Bref, celui suis qui crois, honore et prise
> La sainte, vraye et catholique Église.

Mais cet emprisonnement s'étant prolongé pendant une année, il en conserva une longue rancune contre les gens de justice, le lieutenant criminel Maillard « juge d'enfer, » et « l'ignorante Sorbonne. » Contraint de fuir, de se rétracter, de braver tous les périls et la haine des Parisiens, dont il avait eu autrefois l'affection, il ne semble pas avoir cessé un seul moment d'être au fond du cœur, non pas protestant (car la suite prouva combien il s'en fallait), mais hostile à l'Église et à l'autorité judiciaire. Compromis enfin par sa version des Psaumes de David, où il avait glissé des expressions peu orthodoxes, il chercha un asile à Genève, qui était devenue le foyer du calvinisme, et alors seulement une réaction tardive s'opéra dans ses opinions. La ville puritaine où il était tombé fit peur à cet hôte frivole. Expulsé bientôt de son sein, il tendit les bras vers la France qu'il ne devait plus revoir. Il expira à Turin, en 1544, peu de temps après la victoire de Cérisolles qu'il avait célébrée, en sujet fidèle, dans un de ses derniers chants.

Son successeur, si l'on peut donner ce nom au poëte qui tint après lui le sceptre de la littérature légère, fut Mellin de Saint-Gelais, qui avait été son ami, et qui était plus âgé de quelques années. Fils naturel d'Octavien de Saint-Gelais, il avait la même facilité d'esprit; mais une nature plus paresseuse et un goût plus raffiné le rendirent aussi stérile qu'Octavien avait été fécond. En revanche, il y a moins de négligence dans sa manière. Ses sonnets, écrits dans le goût italien, offrent le brillant, la recherche et le fini que comportait ce genre; ses épigrammes, moins

naturelles que celles de Marot, sont quelquefois aussi
piquantes. Là se bornent les titres littéraires de cet
esprit plus poli que vigoureux, et auquel manquait entièrement la gravité qu'on aurait pu attendre de l'aumônier de Henri II.

Il faut encore nommer, parmi les poëtes de ce
temps et de cette école, François Habert, auquel le
même prince donna le titre de poëte royal, et dont
les fables ont souvent une élégance naïve. Sa narration n'a ni la richesse, ni la vivacité, ni la profondeur
de celle du grand fabuliste ; mais elles ne manquent
pas de ces traits doux et fins dont Marot lui avait en-
seigné le prix.

Quant aux versificateurs sans nombre qui peuvent
se grouper au-dessous de ces deux derniers, aucun
n'a d'œuvre assez remarquable pour fixer notre attention. Nous avons déjà vu que les traductions se
multipliaient [1], mais sans s'élever au-dessus de la
médiocrité. La galanterie, qui débordait plus que
jamais dans les régions moyennes de la poésie, se
mêlait à un libertinage d'esprit qui indiquait déjà
l'ébranlement général des idées et l'approche d'une
crise sociale. Le désordre était porté si loin que là
même où la vertu était respectée, on tenait à peine à

---

[1] Voici comment s'explique à ce sujet un auteur contemporain, Thomas Sébillet, dans son *Art poétique* :

« Notre défaillance d'œuvres grands et héroïques part de faute
de matière, ou de ce que chacun des poëtes famés savants aime
mieux, en traduisant, suivre la trace de tant d'âges et de bons
esprits. » (J'emprunte cette citation à M. Sainte-Beuve, auquel
il faut tant emprunter quand on parle de la poésie française au
xvie siècle.)

en conserver l'apparence. Les œuvres de Marguerite de Navarre nous serviront d'exemple. Cette brillante sœur de François Ier, que les lettrés appelaient une dixième Muse et une quatrième Grâce, nous a laissé un recueil de poésies souvent imprimé sous le titre des *Marguerites de la Marguerite des princesses*, et où elle montre en général un cœur noble et chaste, qui se livre de préférence aux sentiments religieux. Mais elle avait aussi publié un recueil de contes en prose, intitulé *Heptaméron*, dont les sujets, presque toujours libres, rappellent quelquefois le cynisme des jongleurs. Il est vrai de dire que la plupart de ces morceaux inconvenants ne doivent pas lui être attribués et sortaient de la plume de quelques beaux esprits de sa maison, parmi lesquels le fameux Bonaventure Desperriers, son secrétaire, tenait le premier rang; mais on conçoit à peine comment une princesse intelligente et vertueuse — car les historiens s'accordent sur ce point — prenait publiquement sous son patronage un pareil livre et des auteurs dont le moins grossier finit par attaquer toute espèce de culte [1].

L'effervescence qui se manifestait au sein de la société nous explique seule tant de contrastes bizarres, tant d'anomalies choquantes. La pensée humaine semblait poussée par une force irrésistible à se frayer des voies nouvelles : mais elle s'agitait encore au hasard

---

[1] Bonaventure Desperriers paraît s'être donné la mort en 1543 pour échapper aux poursuites dirigées contre lui à l'occasion d'un petit livre intitulé *Cymbalum mundi*, mais écrit en français, et qui fut considéré comme renfermant une profession d'athéisme.

sans trouver de direction fixe. Ce mouvement confus,
d'autant plus redoutable qu'il était plus aveugle, ne
trouva que deux issues où se précipitèrent les esprits
impétueux ; l'une fut le protestantisme, avec ses pré-
tentions de réforme dans l'Église et dans l'État: l'autre
le scepticisme, avec sa tâche de destruction. Tous
deux se manifestèrent presque en même temps et avec
une égale violence, mais pour s'affaiblir ensuite par
degrés après ce moment de crise : car l'opposition religieuse se perdit par sa violence même, et quant à
l'esprit de doute, il ne fit que réduire en poudre les
derniers débris du moyen âge.

Voyons donc sous quelle forme l'un et l'autre se
dessinèrent.

Assez puissant déjà pour ébranler les esprits et
préparer de longs déchirements, le protestantisme
n'était pourtant représenté dans la littérature de cette
époque par aucune autre production éminente que
par un seul livre de Calvin, l'*Institution de la religion
chrétienne*. Encore ce traité dogmatique, composé
d'abord en latin, semble-t-il plutôt destiné à l'enseignement ou à la controverse, qu'à la simple lecture :
car c'est un in-folio de grosseur moyenne et où l'argu-
mentation domine seule. Mais il représente merveil-
leusement l'esprit de ce groupe d'hommes sombres et
résolus, auquel l'auteur appartenait, et dont il devint
le chef.

Jean Calvin, qui écrivit cet ouvrage dans sa vingt-
sixième année (1535), avait successivement étudié la
théologie et le droit, pour se jeter ensuite tout entier
dans cette lutte contre le catholicisme, qui remplit le
reste de sa vie. Un travail rapide et soutenu lui avait

donné une érudition assez vaste; mais il était surtout
remarquable par cette force de conception qui permet à l'esprit de dominer sa propre science et de lui
imprimer une force précise [1]. Son manifeste n'est rien
moins que le développement d'un système complet
de doctrines, qui manquait encore à son parti. Par-
tant du but pour lequel Dieu a créé l'homme, et tra-
versant ensuite toutes les plus grandes questions de la
philosophie religieuse et de la théologie proprement
dite, il ne s'arrête qu'après avoir marqué les moyens
par lesquels l'Église et les gouvernements doivent
maintenir les peuples dans la voie du bien. Au premier abord on est surpris de trouver quelque séche-
resse dans sa manière. Nulle part il ne charme par
cette douce persuasion qui appartient aux âmes affec-
tueuses, ou il ne captive par ces accents pleins de chaleur et d'émotion qui semblent jaillir du cœur. Mais
s'il y a dans sa parole quelque chose de terne et de
triste, c'est un logicien d'une rare habileté qui, par un
raisonnement froid, serré, subtil, par une déduction
toujours méthodique, semble acquérir une force nouvelle à mesure qu'il poursuit sa tâche, et doit exercer
un empire absolu sur les esprits qui se sont laissé en-
traîner dans sa voie.

Son Institution, considérée sous le rapport de cette
puissance de synthèse et de coordination qu'il y déploie, est une œuvre des plus extraordinaires; mais
une œuvre sombre au point de vue des doctrines et
des tendances. Une volonté divine, gratuite, im-

---

[1] Il revint cependant plusieurs fois à son Institution et y fit de
nombreux changements pendant les vingt années suivantes.

muable, aussi terrible que la fatalité antique, est
pour Calvin la loi suprême du salut de l'homme ou de
sa réprobation éternelle. Cette pensée farouche, qui
est la base de tout son système, le conduit au des-
potisme religieux et politique : car il veut que l'Église
et le gouvernement exercent une action perpétuelle
de censure et de contrainte. S'il élève des réclama-
tions en faveur de ses frères proscrits, ce n'est pas
qu'il admette lui-même un principe de tolérance chrétienne ; leur qualité d'hommes et de citoyens ne les
protégerait pas dans sa pensée, si leur doctrine était
mauvaise. On ne leur doit justice ou indulgence que
parce qu'elle est, suivant lui, bonne et vraie. On voit
donc qu'il accepte encore le principe de la répression
violente de l'hérésie ou de l'incrédulité, comme s'il
prévoyait qu'investi un jour du pouvoir, il punira de
mort les auteurs de chansons impies et les défenseurs
de dogmes dangereux.

Il ne faut pas croire cependant que, dans son fanatisme raisonné, Calvin manque d'une certaine grandeur. Son assurance audacieuse, sa fermeté inébran-
lable, sa vigueur calme, expliquent son ascendant sur
ce qui l'entourait. Au point de vue littéraire, il ne
dément pas dans la version française de l'*Institution*
le jugement de Bossuet qui lui accorde « la gloire
d'avoir aussi bien écrit qu'homme de son siècle. »
Son style a du nerf et de la précision, quelquefois
même de la noblesse. Une lettre au roi, placée en tête
de l'ouvrage, et qui offre un peu plus d'entraînement,
est le premier morceau oratoire qui rappelle l'énergie
antique.

Mais ce fameux chef des protestants français couvre

tous les autres de son ombre, et il ne s'en trouve aucun
longtemps après qui vienne se placer à côté de lui. La
réputation d'éloquence dont jouit son successeur,
Théodore de Bèze, est incomplétement justifiée par ses
écrits, qui ne s'élèvent pas assez haut pour passer du
domaine de la controverse dans celui de la littérature.
Plus tard nous retrouvons, chez les historiens et les
poëtes calvinistes, comme un reflet de la manière forte
et acerbe du fondateur de leur doctrine; mais leur violence tient encore du fanatisme.

Autant il y a de rigueur et d'austérité dans le
génie de Calvin, autant il règne de désordre, d'abandon, de liberté cynique et de fantaisie vagabonde
chez l'écrivain qui, d'une main encore plus hardie,
avait déployé la bannière du scepticisme. Frivole et
bouffon dans sa forme, le livre qui a rendu fameux
le nom de François Rabelais, et qui a pour titre la
Vie de Gargantua et de Pantagruel, semblerait plutôt
l'œuvre d'une imagination déréglée que celle d'un
esprit lumineux. Mais dans ce vaste miroir viennent
se réfléchir toutes les faces de la révolution tumultueuse dont le protestantisme n'offrait qu'un seul
côté. La langue même de Rabelais révèle un de
ces hommes pour qui le monde contemporain n'est
pas assez large. Quoiqu'il mêle aux ressources du
langage ordinaire une foule d'idiotismes emprun-
tés aux dialectes de chaque province, aux habitudes de chaque profession, les termes lui man-
queraient encore s'il n'osait en créer sans cesse,
tantôt à l'aide du latin et du grec, tantôt sans autre
guide que l'inspiration du moment. Armé de cette
parole, inépuisable comme sa pensée, il s'est aussi

emparé d'un cadre qui se prête à toutes les fantaisies
de l'imagination : c'est la biographie supposée de
rois géants et d'autres personnages fictifs dont l'histoire burlesque offre, avec le débordement d'une
verve moqueuse et d'une gaieté grossière, la censure des mœurs, des opinions et des institutions
de son siècle. Aussi téméraire que l'ait jamais été
Jean de Meung, il met en question toutes choses;
mais non content de les effleurer à l'exemple du
vieux poëte, il essaye de pénétrer jusqu'au fond, et
armé d'un savoir incroyable, qui s'étend des plus
hautes sciences aux détails les plus familiers, joignant
à l'esprit de raillerie le talent de l'écrivain et l'habileté du conteur, doué d'ailleurs d'une profondeur de
pensée qui lui fait souvent devancer le cours des âges,
il met à nu toutes les plaies de la société, toutes les
lacunes de chaque doctrine. Ce serait le plus dangereux des sceptiques, s'il portait le scepticisme aussi
loin qu'il paraît le faire. Mais il ne faut pas s'y tromper : un ouvrage cynique, inhumain, blasphématoire,
peut bien avoir un retentissement éphémère; il ne
peut pas durer longtemps : les générations suivantes
le repoussent et le laissent tomber dans l'oubli. Telle
n'a pas été la destinée de celui de Rabelais ; malgré la
folle ivresse qu'il déploie dans ses pages les plus brutales, il a gardé une place dans la littérature. C'est
qu'il renferme autre chose encore que des éléments de
destruction.

Mais pour comprendre ce livre, il faut avoir quelque
connaissance de l'homme.

Né vers 1483, dans une petite ville de Touraine
(à Chinon), et fils d'un aubergiste aisé, Rabelais était

d'abord entré dans le cloître ; mais il y avait porté, avec un vif amour de l'étude, un besoin de railleries bouffonnes, contracté sans doute dès l'enfance. Au fond de sa cellule, il apprit opiniâtrément tout ce que l'antiquité latine et grecque pouvait enseigner à un esprit avide, qui s'attachait également aux choses et aux mots. Mais la science n'amortit en rien cette humeur moqueuse qui dominait dans son caractère, et ses imprudences allèrent si loin, qu'il fut renfermé dans une prison d'où le zèle de quelques amis parvint à peine à le tirer. Il passa alors des cordeliers chez les bénédictins, qu'il abandonna ensuite pour étudier, enseigner et pratiquer la médecine, non sans être bientôt aussi renommé comme bel esprit que comme savant. Après quelques publications médicales, il fit l'essai de son talent de conteur en parodiant les romans de chevalerie dans un récit populaire (la Chronique gargantuine), d'où il semble avoir tiré l'idée des premiers livres de son grand ouvrage, imprimés à Lyon en 1533. Le succès de cette satire audacieuse lui donna des patrons indulgents. Conduit à Rome par le cardinal du Bellay, ambassadeur de France, il s'y réconcilia avec l'Église, et à son retour il obtint la cure de Meudon, où sa vieillesse devait s'écouler paisiblement. Mais la verve railleuse qui fermentait en lui avait besoin de s'épancher encore ; et jusqu'à la fin de ses jours il poursuivit l'œuvre de bouffonnerie et de censure à laquelle il devait sa renommée.

Dans cette composition bizarre où il a mis à la fois toute la folie et toute la sagesse de sa vie mobile, sa science, son esprit, ses penchants, le désordre de son

siècle et de sa pensée, on peut distinguer deux tendances : l'une au doute et au renversement, l'autre à
la confiance dans l'avenir. Comme sceptique, Rabelais ne respecte guère que l'idée de Dieu, quelques
principes de morale naturelle qu'il professe avec éloquence, et les dogmes fondamentaux de la religion,
qu'il s'abstient de mêler à ses moqueries [1]. Mais au
delà de ce cercle il n'épargne rien de ce que son siècle vénère, ni dans le culte, ni dans les lois, ni dans
la science, ni dans les mœurs. Cependant ses attaques profondes, celles où il emploie l'arme du raisonnement pour justifier le sarcasme, sont réservées
pour l'école, qu'il se plaît à écraser. Sur d'autres
sujets, c'est seulement par le récit mêlé d'ironie qu'il
aime à combattre. Surtout il se complaît à mettre en
action les hommes et les choses. Le génie du conteur, qu'il possède au plus haut degré, vient en aide
à son esprit satirique ; ce ne sont plus de simples
esquisses, mais de véritables scènes de théâtre, où
chaque personnage a sa manière, son langage, son
accent. A ne considérer que le talent comique qu'il y
déploie, on le placerait presque entre Aristophane et
Molière. Mais dans les intervalles d'une scène à
l'autre, tout redevient chaos et confusion : car il se
prend alors à chercher des joies brutales dans les
plaisirs matériels, les transports de son ardeur bachique ne ménagent plus rien, il s'amuse à multiplier
des images grossières, et un rire tout sensuel vient

---

[1] On pourrait trouver quelques allusions inconvenantes dans
les deux premiers livres, qu'il n'avait jamais voulu modifier.
Mais le troisième offre des paroles respectueuses sur la mort du
Christ (l. III, c. XXVIII).

s'épanouir sur ses lèvres. On dirait qu'asservie par la
matière, cette intelligence fatiguée croit se reposer en
y retombant.

Mais n'oublions pas qu'il reste à Rabelais la foi de
l'avenir : c'est par là qu'au milieu de ce tumulte intérieur, de ses instincts et de ses idées, il se rattache
encore à l'ordre qu'il paraissait si ardent à détruire.
S'il est convaincu que rien dans son époque n'est
encore grand, pur, rationnel, il a aussi la persuasion
intime que dans le cours des âges de meilleurs jours
luiront pour l'humanité. Quand il voit Calvin assom-
brir la pensée religieuse, il le méprise comme un
« démoniaque. » Il veut au contraire que toute doctrine console et porte à l'indulgence comme celle
« du bon apôtre saint Paul. » Sa philosophie, qui se
résume pour ses contemporains en préceptes joyeux,
devient grave quand il embrasse du regard la destinée de la famille humaine. Dans l'ébranlement général il se rassure en proclamant que « toutes choses
se meuvent en leur fin, » c'est-à-dire, tendent au but
qui leur est assigné. Mais cette maxime n'est pas
dans sa bouche une formule du matérialisme. Nous
le voyons au contraire, en terminant son livre, lever
les yeux vers le ciel et adresser moins sans doute à
ses héros qu'à ses lecteurs ces paroles expressives :
« Allez, amis, en protection de cette sphère intellectuelle, de laquelle en tous lieux est le centre et n'a
en aucun lieu circonférence, et que nous appelons
Dieu. » Déjà les progrès de la science et de la société
entrent dans ses prévisions, mais comme un bienfait
de la Providence. « Vos philosophes qui se complai-
gnent rien ne leur être laissé de nouveau à inventer,

14.

ont tort trop évident : quand leur étude adonneront à
bien rechercher par imploration de Dieu souverain, il
leur élargira connoissance et de soi et de ses créatu-
res. » Toutefois, il n'oublie pas de faire la part de la
raison, et veut que les sages soient « conduits de
bonnes lanternes. »

Ainsi, quoique le scepticisme ait encore une large
part à la pensée du livre, le doute n'y triomphe pas
seul. Rabelais a condamné son siècle, il en repousse
du pied les ruines, sans même supposer que le temps
soit venu de reconstruire un monde meilleur ; de là son
dédain et peut-être sa brutalité. Il compte cependant
que l'avenir fera triompher l'ordre : de là son calme et
la profondeur d'une partie de ses paroles qui ont la
portée d'un enseignement. Le dévergondage de son
imagination, quand elle s'égare, est sans doute effroyable ; mais il conserve tellement le caractère d'une sorte
d'ivresse et de folle effervescence particulière à cette
époque de bouleversement, qu'il n'a plus rien de con-
tagieux pour un autre âge. Ce serait la tristesse
qu'il inspirerait, si l'attention du lecteur ne franchis-
sait ces lacunes arides pour chercher plus loin, tantôt
les efforts de la raison et de la science cachées sous le
manteau de la satire, tantôt l'observation fidèle et le
récit ingénieux de quelque scène naïve de la comédie
humaine.

Dès l'apparition de la *Vie de Gargantua et de Pantagruel,* une vive sensation avait été produite par
cette œuvre étrange qui répondait si exactement à
l'état de trouble où se trouvaient les esprits. Le débit
du livre fut immense, et les imitations naquirent de
toutes parts, mais sans éclat et sans force, comme il

était facile de le prévoir. La pensée de Rabelais s'élevait au-dessus des choses de son temps et de la bouffonnerie de son livre : les esprits médiocres qui voulurent le suivre n'atteignirent qu'à ses défauts.

APPENDICE.

Le petit morceau suivant, qui porte le nom d'épître,
et qui aurait pu recevoir celui d'épigramme, est imité
de Villon ; mais si l'idée lui en appartient, le charme
du tour et la délicatesse de l'expression caractérisent
Marot.

> Puis que le roy a désir de me faire
> A ce besoin quelque gracieux prest,
> J'en suis content : car j'en ai bien affaire,
> Et de signer ne fuz onques si prest.
> Parquoi vous pri sçavoir de combien c'est
> Qu'il veut cédule, afin qu'il se contente :
> Je la ferai tant sûre (si Dieu plaist)
> Qu'il ne perdra que l'argent et l'astente.

Ses fameuses épîtres sur son emprisonnement et sur
le vol dont il a été victime ont été si fréquemment
citées qu'il ne reste plus rien à dire sur ces deux
chefs-d'œuvre. Mais on n'a peut-être pas assez appré

cié la grâce qu'il donne quelquefois à des compositions
de circonstance dans le genre noble. Voici quelques
vers de son cantique sur l'entrevue de Charles-Quint
et de François Ier, qui annoncent déjà la manière de
l'école suivante. C'est la Chrétienté qui parle .

> Approche-toi, Charles, tant loing tu sois,
> Du magnanime et puissant roy François :
> Approche-toi, François, tant loing sois-tu,
> De Charles plein de prudence et vertu :
> Non pour tous deux en bataille vous joindre,
> Ne par fureur de vos lances vous poindre,
> Mais pour tirer Paix, la tant désirée,
> Du ciel très-haut, là où s'est retirée.
>
> Si Mars cruel vous en fistes descendre,
> Ne pouvez-vous le faire condescendre
> A s'en aller, pour çà bas donner lieu
> A Paix la belle, humble fille de Dieu ?...
>
> . . . .
>
> Si maintenant faictes ce que pouvez,
> Paix descendra, portant en main l'olive,
> Laurier en teste, en face couleur vive,
> Toujours riant, claire comme le jour,
> Pour venir faire en mes terres séjour...

CHAPITRE VIII.

LA LANGUE ET LA LITTÉRATURE SOUS LES SUCCESSEURS
DE FRANÇOIS Ier. — AMYOT.
— RONSARD ET SON ÉCOLE. — DU BARTAS.

Le progrès littéraire se régularise après François Ier. — Traductions de l'italien et de l'espagnol. — Traductions de classiques
latins. — Amyot. — Ses travaux. — Son style. — La poésie
encore dépourvue de grandeur. — Ronsard forme une école
savante. — Du Bellay et son Illustration de la langue française. — Succès de Ronsard et de ses amis. — Leur union. —
Mérite réel du chef de cette école. — Ses erreurs. — Ses dernières tendances. — La Pléiade. — Renaissance de la tragédie.
— La Cléopâtre de Jodelle. — Sa Didon. — Le Jules César de
Grévin. — Caractère des tragédies de Garnier. — Éloges qu'il
mérite. — Il entrevoit la forme que peut prendre la tragédie
moderne. — Renaissance de la comédie. — Elle s'écarte des
modèles antiques. — Sa frivolité. — Du Bartas. — Succès de
sa Première Semaine. — Son mauvais goût.

Quoique l'agitation tumultueuse des esprits parût
défavorable au développement de la littérature, la
langue et la poésie n'en firent pas moins de nouveaux

progrès pendant la seconde phase de la renaissance (de Henri II à Henri IV). On éprouvait de plus en plus le besoin d'étendre le cercle des connaissances générales, d'ennoblir le langage, d'ouvrir à la poésie des routes moins étroites et moins obscures, en un mot, de sortir de la longue enfance où le moyen âge avait retenu l'intelligence et la pensée publique. Des travaux patients et courageux, accomplis par une génération savante, vinrent satisfaire cette juste ambition d'un siècle qui avait acquis le sentiment de sa force.

Au premier rang parmi les écrivains de cette époque figurent les traducteurs, dont on a déjà vu que le nombre s'était grossi. Plusieurs, il est vrai, empruntaient à l'Italie ou même à l'Espagne des fictions frivoles, moins propres à former l'esprit qu'à corrompre le goût; mais il y avait encore dans ces productions méridionales une vivacité de coloris et une richesse de langage qui se réfléchissaient jusqu'à un certain point dans les versions françaises, l'interprète faisant quelquefois d'heureux efforts pour reproduire les beautés qu'il admirait dans son modèle. C'est ainsi que les huit premiers livres de l'*Amadis espagnol*, traduits par Herberay des Essarts, vers 1550, semblent avoir été un des premiers ouvrages où la prose acquit de la douceur, de l'harmonie et une élégante facilité.

Mais les traductions vraiment importantes étaient celles des grands auteurs classiques. Elles se multiplièrent alors au delà de ce qu'on pouvait attendre. Divers traités de Cicéron, l'*Histoire naturelle* de Pline, tout Tite-Live et tout César, furent rendus en

français par Jean Colin, Antoine Dupinet et Blaise de
Vigenère, qui se montrèrent non-seulement fidèles in-
terprètes de ces grands écrivains, mais encore écrivains assez habiles eux-mêmes pour laisser quelque
force et quelque brillant aux belles pages qu'ils reproduisaient [1]. C'était là un progrès notable, si l'on considère que jusqu'alors les versions en prose n'offraient
ni vérité ni coloris, et n'étaient que des paraphrases
froides et lâches du texte original. Mais quel que fût
le mérite de ces divers traducteurs, un seul les éclipsa
tous et n'est pas encore oublié aujourd'hui : c'est Jacques Amyot, dont le *Plutarque* restera toujours un
des monuments de la littérature française. Né en 1513,
il s'était trouvé du nombre de ces jeunes gens à qui
les nouvelles écoles avaient offert une instruction
moins barbare que celle dont se plaignait Marot, et
sa pauvreté même semblait avoir redoublé son ardeur
pour l'étude. Devenu précepteur à un âge où il lui
restait peut-être encore quelque chose à apprendre, il
s'occupa d'abord à traduire en français un roman grec
(l'*Histoire de Théagène et de Chariclée*); mais après ce
premier ouvrage, une heureuse inspiration lui fit
essayer la traduction des Vies des hommes illustres.
Son choix ne pouvait être plus heureux. Plutarque,
penseur ingénieux et souvent observateur profond,
mais narrateur sans ordre et sans fermeté, prête à
l'histoire, au lieu d'une majesté sévère, la familiarité
de l'entretien philosophique. Il n'était donc pas nécessaire, pour le traduire, de s'élever beaucoup au-dessus

---

[1] Je n'ai pas eu sous la main ces traductions ; mais j'ai suivi
avec confiance le jugement de M. Baron, qui a soigneusement
fouillé tous les trésors de cette époque lettrée.

du ton et du style de Commines ou même de Froissart, et le jeune helléniste ne devait pas être arrêté
dans sa tâche par les lacunes qu'offrait encore le langage noble. Dans la sphère moyenne où il suivait l'auteur grec, son intelligence et son application purent
triompher de tous les obstacles, et ses premiers essais
plurent à François Ier, qui était aussi bon juge en fait
d'élégance qu'admirateur passionné des grands capitaines. Amyot reçut de ce prince l'abbaye de Bello-
sanne, qui, en assurant son indépendance, devait lui
permettre de continuer son entreprise Il s'y consacra
tout entier, et après les biographies de Plutarque
il put encore traduire ses œuvres morales, quoique
ce dernier travail fût d'une plus grande difficulté. En
effet, l'auteur grec, qui vivait dans un temps où les
vieilles sectes académicienne et stoïcienne n'étaient
pas encore éteintes, s'était complu à réunir en divers
traités ce qu e Montaigne appelle « la crème de la philosophie, « mais qu'on pourrait aussi nommer les fleurs
de l'école. Pour saisir le sens quelquefois subtil de ces
argumentations délicates, pour s'associer aux inspirations de Plutarque, chez qui l'amour du bien éveille
souvent comme des lueurs de génie, Amyot eut besoin de déployer plus de science et de perspicacité
qu'on n'en pouvait attendre d'un homme de son époque. Mais, comme le dit encore Montaigne, il sut si
bien « par une longue conversation (*familiarité*) plan-
ter dans son âme une générale idée de Plutarque, »
qu'il ne paraît lui rien prêter qui le démente ou qui
le dédise. Il se reposa de la fatigue d'un si rude travail, en traduisant un roman pastoral de Longus
(*Daphnis et Chloé*), écrit d'un ton peu sévère et qui

1.   15

répondait mal à la gravité de son caractère et de son
état. Mais l'inconvenance du livre disparaissait aux
yeux de l'écrivain et de son époque, à la faveur de son
origine grecque, et il semblait qu'un ouvrage antique
dût par cela même être respectable. Rien de plus
achevé que la version qu'en fit Amyot ; cependant elle
n'eut pas le succès général de son Plutarque, car
c'était moins encore le style que le sujet de ses traductions qui en avait fait la popularité. Tant de vaillantes
histoires, tant de doctes enseignements mis à la portée
de tous, voilà ce qui paraissait important et digne
d'admiration : « les dames en régentoient les maistres
d'escole. » L'âge suivant reconnut mieux combien le
philosophe devait à la forme gracieuse que lui avait
prêtée l'écrivain français.

En effet, le talent d'Amyot a un cachet particulier.
On peut reconnaître que « son style est plus chez soy
quand il n'est pas pressé et qu'il roule à son ayse, » ce
que Montaigne avoue, et que les vers qu'il mêle quelquefois à sa prose pour imiter Plutarque sont d'une
facture grossière, comme le lui avait reproché le roi
Charles IX[1]. Il manque même jusqu'à un certain point
de vigueur et de noblesse (car le style sublime n'était
pas encore créé). Mais il l'emporte sur tous ses prédécesseurs par la pureté et la douceur du langage, dons
qui paraissent naturels en lui, tant il laisse peu percer
le travail et l'effort. L'auteur grec, dont la manière à
quelque chose d'inégal et d'artificiel, prend en français

[1] Amyot avait été le précepteur de ce prince, qui aimait la littérature et qui composa quelques beaux vers cités dans l'*Appendice* n° 5. Les cruautés qui ont flétri sa mémoire furent l'égare-
ment d'une âme faible, arrachée à ses propres tendances.

une autre couleur : il semble naïf et uni, tant le récit
coule avec limpidité ; il captive par l'apparence de la
bonhomie, grâce à l'attrait que lui prête l'expression.
La langue du traducteur est riche et souple, sans ces-
ser d'être simple et pure. C'est l'idiome de Marot
devenu abondant, varié, inépuisable. On a retenu un
trait qui caractérise Amyot comme écrivain. Devenu
aumônier du roi et plus tard évêque d'Auxerre, il
composait d'abord ses sermons en latin, pour leur
donner ensuite, en les traduisant, le charme d'un
style élégant, poli, harmonieux. C'est donc à force
de soin et de persévérance au travail qu'il atteint à
cette facilité, à cette richesse, à cette douce familiarité dont il est resté le modèle. Chez ceux qui jusqu'a-
lors avaient paru éloquents, le mérite du style venait
de la pensée et de l'inspiration : avec lui commence le
règne de l'art.

Tandis que la prose acquérait ainsi un nouveau caractère et s'élevait peu à peu à la hauteur des littératures anciennes, la poésie subissait une transformation
plus rapide, plus hardie, peut-être même dangereuse,
mais décisive. En vain Mellin de Saint-Gelais, raffi-
nant le vers facile de Marot, essayait-il d'égaler la recherche et le poli des sonnettistes italiens : une nouvelle génération de poëtes, sans s'arrêter à cette
réforme mesquine, voulut bientôt dépasser la sphère
où le génie timide de l'âge précédent avait borné son
essor. Ni la langue poétique, ni les genres cultivés
jusqu'alors, ni les modèles reçus, ne lui paraissaient
suffire à ses inspirations et à ses espérances ambi-
tieuses. Elle entreprit de tout refaire et crut un moment y avoir réussi. Laissons exprimer sa pensée par

celui de ces réformateurs qui devint le plus célèbre. A
vingt ans, dit Ronsard,

> Je vy que des François le langage trop bas,
> A terre se traînoit sans ordre ni compas (*mesure*) :
> Adonques pour hausser ma langue maternelle,
> Indonté du labeur, je travaillay pour elle...
> Et mis-la poésie en tel ordre, qu'après
> Le François fut égal aux Romains et aux Grecs.

C'est donc toujours l'idée d'imiter les anciens qui se
présente aux lettrés du XVIᵉ siècle et qui préside en
quelque sorte au développement de la poésie comme
de la science. Mais Ronsard et l'école dont il fut le
chef, au lieu de suivre en quelque sorte le cours naturel du progrès, voulurent le devancer brusquement,
et dans leur impatience ils s'exposèrent à tout le désordre des mouvements précipités. Il ne faut pourtant
pas croire, en prenant à la lettre les expressions de
Boileau, que leur muse parla toujours grec et latin.
Elle eut aussi ce qu'il appelle des accents gothiques,
c'est-à-dire des paroles empruntées à la vieille langue
française. Elle avait compris aussi bien que Marot et
qu'Amyot lui-même que cette langue renfermait des
germes précieux que l'insouciance des derniers siècles
avait laissés stériles. Mais elle ne crut pas qu'il suffit
de les féconder sans puiser en même temps à toutes
les sources antiques. Quelque vaste que fût ce plan, il
reçut une exécution moins imparfaite qu'on ne serait
tenté de le croire; et malgré l'exagération qui accom-
pagna leurs essais, les écrivains qui s'associèrent à ce
grand effort méritent une attention qu'ils n'ont pas toujours obtenue.

Jamais secte ne s'était formée plus gravement. Pierre de Ronsard, qui en fut le fondateur, avait atteint sa dix-huitième année quand il conçut le dessein de s'adonner aux lettres et de refaire ses études qu'il avait d'abord manquées complétement. Il s'enferma donc dans un collége (celui de Coqueret) dont le recteur, Jean Daurat, était le plus fécond des poëtes latins et grecs de l'époque [1]. Pendant sept années il vécut sous sa discipline, en compagnie de Joachim du Bellay, de Jean de Baïf, de Remy Belleau et de quelques autres jeunes gens épris comme lui de la grandeur des anciens, et qui dès lors projetaient de s'élever un jour au-dessus de la médiocrité de leur époque.

La huitième année, les novices songèrent à prendre leur premier essor. Du Bellay fit paraître en 1549 quelques odes dans le goût antique, et presque en même temps un traité de « l'illustration de la langue françoise, » où il démontrait qu'il ne suffisait pas de traduire les auteurs classiques sous une forme plus ou moins servile ; qu'il fallait essayer d'atteindre à leur perfection, en créant d'après eux, comme les Romains avaient jadis imité les Grecs sans les traduire. Il appela hautement les jeunes littérateurs à cette œuvre glorieuse qu'il comparait à une nouvelle conquête du Capitole et du temple de Delphes par les Gaulois. Ses amis répondirent à cet appel en publiant coup sur coup les divers essais de leur muse laborieuse. Non

---

[1] Ronsard disait de lui qu'il avait « le premier destoupé (débouché) la fontaine des Muses par les outils des Grecs, » et la Pléiade le reconnut pour son chef honorifique.

contents d'y donner des accents plus nobles à la chanson et au sonnet (car ils daignaient conserver ces deux genres modernes) et de ressusciter pour ainsi dire le vers alexandrin, abandonné par Marot [1], ils s'étaient exercés à l'ode des anciens, gracieuse chez Horace et chez Anacréon, fière et brillante chez Pindare. Peu d'années après, on les vit aborder successivement la tragédie grecque, la comédie latine, enfin le poëme épique. C'était une révolution complète qui éclatait aussi rapidement qu'elle avait été lentement préparée dans l'ombre du collége.

Peu s'en était fallu cependant que dès le début la nouvelle école ne se trouvât désunie. Du Bellay avait surpris le manuscrit des premières odes ébauchées par Ronsard, et, charmé de ce travail, dont l'auteur faisait un secret, il s'était exercé lui-même à l'égaler. Quand il publia ses essais, Ronsard se crut dépouillé et voulut invoquer la justice. Mais sa colère contre son ami fut bientôt calmée, et le souvenir même s'en perdit dans la rumeur produite par l'apparition de leurs premiers ouvrages. Les beaux esprits de la cour avaient frémi, comprenant bien qu'ils étaient détrônés si cette poésie savante, si sérieusement élaborée, obtenait la faveur publique. Une lutte s'engagea, et le vieux Mellin tourna en raillerie devant le roi ces *pindariseurs* qui, pleins de leur mérite, se croyaient supérieurs à tous leurs devanciers. Mais une rude attaque contre ses sonnets *pétrarquisés* l'épouvanta. Il demanda l'amitié de Ronsard, qui dès lors n'eut plus de rival.

---

[1] Voir l'*Appendice*, n° 1.

En effet, la classe lettrée, déjà puissante sur l'opinion, avait accueilli avec transport l'idée de cette rénovation glorieuse qui promettait à la France les splendeurs poétiques de l'antiquité. Les disciples de Daurat, « abreuvés par ce docte maître à la source piérienne, » avaient pour eux tout ce qui versifiait en grec ou du moins en latin, et surtout l'illustre Michel de l'Hospital, plus tard chancelier de France. Déjà le collége de Coqueret avait servi de théâtre à Ronsard pour y faire jouer la comédie de *Plutus,* qu'il avait traduite d'Aristophane. En 1552, Étienne Jodelle et bientôt après lui plusieurs jeunes poëtes offrirent au public savant des tragédies calquées sur le modèle latin et des comédies dans le goût classique, qu'ils représentèrent aussi dans les principaux colléges, en présence des érudits les plus fameux. Alors le triomphe fut complet : on entrait dans une ère nouvelle.

Il y avait quelque chose de touchant dans le concours fraternel que se prêtaient ces réformateurs littéraires, convaincus de la grandeur et de la stabilité de leur œuvre. Chaque succès d'un seul était pour tous une victoire. Après la représentation de la *Cléopâtre* de Jodelle (sur laquelle nous reviendrons bientôt), l'auteur, étant allé passer quelques jours au village d'Arcueil, vit accourir pour lui rendre hommage toute la nouvelle école qui voulait célébrer sa gloire à la manière antique. Les poëtes et les lettrés formaient un cortége, en tête duquel on conduisait, comme dans les beaux jours de la Grèce, un bouc couronné de lierre, qui devait être offert au vainqueur. La troupe savante entonnait des strophes

composées à cette occasion, sur le modèle du dithy-
rambe. Le chef de l'école, un peu sourd et sans voix,
mais qui n'en conduisait pas moins le chœur, était
monté sur la victime que d'autres littérateurs s'évertuaient à contenir, tout en répétant à tue-tête le vieux
cri des fêtes de Bacchus : *Jach, ïach, Évoé ; — Évoé,
ïach, ïach!* Une joie portée jusqu'au délire éclata dans
le cantique où Ronsard lui-même entonna le *pœan* : la
langue n'en est plus la sienne, et devient par moments
grecque ou latine [1], tant il y a d'orgueil et d'ivresse
dans son triomphe !

Le reproche de pédantisme qu'on adressa plus
tard aux hommes qui se consacraient de si grand
cœur au culte de la poésie, n'est pas sans doute dénué
de toute justice ; mais il faut se garder de l'admettre
sans restriction. Nous avons déjà dit que pour enrichir le langage ils ne se bornaient pas à essayer d'introduire des néologismes savants, mais qu'ils empruntaient aussi à la vieille langue ses expressions
pittoresques et naïves [2]. Ils en firent usage avec une
grande habileté dans leurs pièces légères dont la simplicité et la douceur sont le caractère dominant. L'ode
même de Ronsard, quand elle n'aspire pas au sublime,
offre une grâce si parfaite qu'à peine a-t-elle vieilli pour
nous. Prenons pour exemple celle où il parle de son
tombeau.

---

[1] Voyez dans l'*Appendice*, n° 2, un fragment de cette ode
bachique, à laquelle les critiques ont emprunté assez mal à
propos l'exemple qui donne la plus fausse idée du style de
Ronsard.

[2] Voir l'*Appendice*, n° 3.

Jodelle à Arcueil.

... Quand le ciel et mon heure
Jugeront que je meure,
Ravi du beau séjour
 Du commun jour,

Je défends qu'on me rompe
Le marbre pour la pompe
De vouloir mon tombeau
 Bâtir plus beau.

Mais bien je veux qu'un arbre
M'ombrage au lieu d'un marbre,
Arbre qui soit couvert
 Toujours de vert...

Et la vigne tortisse
Mon sépulchre embellisse,
Faisant de toutes parts
 Un ombre espars.

Là viendront chaque année
A ma feste ordonnée,
Avecques leurs taureaux,
 Les pastoureaux.

Puis ayant fait l'office
Du dévot sacrifice,
Parlant à l'isle ainsi
 Diront ceci :

Que tu es renommée
D'être tombe nommée
D'un de qui l'univers
 Chante les vers !...

Car il fit à sa lyre
Si bons accords élire,
Qu'il orna de ses chants
 Nous et nos champs.

La douce manne tombe
A jamais sur sa tombe,
Et l'humeur que produit
 En may la nuit.

Tout à l'entour l'emmure,
L'herbe et l'eau qui murmure,
L'un toujours verdoyant,
    L'autre ondoyant.

Et nous, ayans mémoire
De sa fameuse gloire,
Lui ferons, comme à Pan,
    Honneur chaque an.

Ainsi dira la troupe,
Versant de mainte coupe
Le sang d'un agnelet
    Avec du lait

Dessus moi, qui à l'heure
Serai par la demeure
Où les heureux esprits
    Ont leur pourpris.

La gresle ne la nège
N'ont tels lieux pour leur siége,
Ne la foudre oncques là
    Ne dévala.

Mais bien constante y dure
L'immortelle verdure,
Et constant en tout temps
    Le beau printemps.

Là, là j'oirray d'Alcée,
La lyre courroucée,
Et Sappho qui sur tous
    Sonne plus dous [1].

Une foule de morceaux de ce genre montrent chez
le poëte la même élégance, et un critique moderne
(M. Sainte-Beuve) a parfaitement fait voir que s'il n'est

---

[1] La forme païenne que prend ici la pensée est familière à toute
l'école de Ronsard, qui ne parle jamais d'une autre vie sans
emprunter les images mythologiques. Ce n'était nullement scepticisme, mais langage figuré.

pas toujours heureux dans ses efforts pour imiter Pindare, les pièces qu'il emprunte d'Anacréon ne méritent
que des éloges.

Mais par une sorte de fatalité, Anacréon, dont les
ouvrages passaient pour perdus, ne fut retrouvé et
imprimé qu'en 1554, par le fameux Henri Estienne.
Ronsard n'aperçut donc le modèle qu'il semblait devoir choisir, qu'au moment où il s'était déjà attaché
à en suivre un autre. Le succès même qu'il en avait
obtenu ne lui permettait pas de reculer : car son siècle
qui l'applaudissait louait en lui la fureur poétique et
l'inspiration brûlante. Il aimait lui-même à se persua-
der qu'il était fait pour s'élever plus haut que le lyrique
romain.

> Horace, harpeur latin,
> Étant fils d'un libertin (*affranchi*),
> Basse et lente avoit l'audace ;
> Non pas moy de franche race,
> Dont la muse enfle les sons
> De plus courageuse haleine,
> Afin que Phébus rameine
> Par moi ses vieilles chansons !

Mais ce que Ronsard ne comprit point, c'est que
des chants sublimes auraient exigé des expressions
sévèrement choisies et dont aucune n'emportât un
sens vulgaire. Or, en visant à l'abondance, il ne sut
pas introduire dans la langue poétique une juste rigueur. On a prétendu le justifier d'avoir employé les
mots *perruque, chandelle, enfariné,* pour chevelure,
lumière et blanchi : mais ces fautes, que Marot ne faisait point, tiennent à sa manière trop facile : on en
citerait une foule d'exemples, comme la *charrette*

du soleil, le *bal* des étoiles, l'eau prompte à se *croûter*, le *ventre large* du grand Tout, etc. [1]. Prenons dans son ode la plus ambitieuse un des passages les plus nobles et les plus corrects (le combat des dieux et des Titans).

STROPHE IX.

Un tonnerre *ailé par la bise*
Ne choque pas l'autre si fort,
Qui sous le vent africain brise
Même air par un contraire effort,
Comme les champs s'entreheurtèrent
A l'aborder des divers dieux :
Les poudres sous leurs pieds montèrent
Par tourbillons jusques aux cieux.
Un cri se fait, Olympe en tonne,
Othrys en bruit, la mer tressaut.
Tout le ciel en *meugle* là-haut,
Et là-bas l'enfer s'en étonne.

ANTISTROPHE [2].

Voicy le magnanime Hercule,
Qui de l'arc Rhète a menacé,
Voicy Myme qui le recule
Du heurt d'un rocher élancé :

[1] C'est bien pis encore quand la figure se complique : alors apparaissent la Chimère à l'âme puante, les yeux du soleil qui s'allongent en forme de flèches, la Renommée dont le bec n'est jamais las d'éventer les faits, et la Paix qui

. . . . Dessus son échine
Soutient ferme cette machine (*le monde*),
Médicinant chaque élément.

[2] La division en strophes, antistrophes et épodes était un usage des Grecs fondé sur leur chorégraphie et que le poëte voulut longtemps conserver, quoiqu'il n'eût plus d'objet chez les modernes.

Neptune, *à la fourche étoffée*
De trois crampons, vint se mêler
Par la troupe contre Typhée
Qui rouoit une f(r)onde en l'air.
Icy Phébus d'un trait qu'il jette
Fit Encelade *trébucher :*
Là Porphyre lui fit broncher
Hors des *poings* l'arc et la sagette.

ÉPODE.

Adonc le père puissant,
Qui de nerfs roidis s'efforce,
Ne mit en oubly la force
De son foudre rougissant.
My-courbant son sein en bas
Et dressant bien haut le bras
Contre eux *guigna* sa tempeste,
Laquelle en les foudroyant,
Siffloit aigu, tournoyant,
Comme un fuseau, sur leurs testes.

STROPHE X.

De feu les deux piliers du monde
Bruslés jusqu'au fond chancelloient.
Le ciel ardoit, la terre et l'onde
Tout pétillans estincelloient;
Si que le souffre, amy du foudre
Qui tomba lors sur les géans,
Jusqu'aujourd'huy noircit la poudre
Qui *put* par les champs phlégréans.

Ce mélange de termes bas et d'images grandioses cause l'inégalité de Ronsard dans les genres de poésie qui demandent le plus d'élévation; mais on ne peut lui refuser quelque force dans les compositions du second ordre. Si ses églogues portent trop loin leur vérité rustique, les peintures qu'il trace dans ses hymnes (qu'on pourrait appeler des méditations)

sont quelquefois vigoureuses, et il y a des passages
pleins de vie et de chaleur dans ses discours sur les
misères du temps[1]. Treize cents morceaux et plus de
quatre-vingt mille vers rendent témoignage de son
extrême fécondité; mais ses efforts malheureux pour
composer un poëme épique semblent lui avoir fait
sentir, malgré les éloges dont l'entourait son siècle,
qu'il n'était pas destiné à prendre un essor si élevé.
Après s'être d'abord promis d'égaler Virgile et Ho-

[1] Ronsard était tolérant et d'un naturel facile : il avait sup-
porté les injures de quelques ministres calvinistes qui cher-
chaient un acte d'idolâtrie dans la fameuse pompe du bouc;
mais il ne put voir de sang-froid la France inondée de reîtres
allemands par les chefs des Huguenots, et ses discours se res-
sentent de son indignation patriotique :

> De Bèze, je te prie, écoute ma parole...
> La terre qu'aujourd'huy tu remplis toute d'armes
> Et de nouveaux chrétiens déguisés en gens d'armes,
> C'est celle où tu naquis, qui douce te reçut,
> Alors qu'à Vézelay ta mère te conçut;
> Celle qui t'a nourri...
> Si tu es envers elle enfant de bon courage (*cœur*),
> Ores que tu le peux, rends-lui (*paye-la de*) son nourrissage,
> Retire tes soldats, et au lac genevois,
> Comme chose exécrable, enfonce leurs harnois!
> Ne prêche plus en France une doctrine armée,
> Un Christ empistolé, tout noirci de fumée,
> Qui comme un Mahomet va portant en la main
> Un large coutelas rouge de sang humain.
> Certes il vaudroit mieux à Lauzanne relire
> Du grand fils de Thétis les prouesses et l'ire (*la colère*),
> Faire combattre Ajax, faire parler Nestor,
> Ou reblesser Vénus, ou retuer Hector,
> Que reprendre l'Église, et, pour paroître sage,
> Raccoutrer en saint Paul je ne sçay quel passage :
> De Bèze, ou je me trompe, ou cela ne vaut pas
> Que France en ta faveur fasse tant de combats!

mère, dans sa *Franciade*, il n'osa l'écrire qu'en vers
de dix syllabes « de moindre caquet » mais aussi de
moindre noblesse que l'alexandrin, et il ne la continua que jusqu'au quatrième livre. Le ton même de
ses dernières odes se rabaissa, quoique le style en
devînt [1] plus pur, et ses derniers disciples (Desportes
et Bertaut) n'eurent rien de la fière et généreuse
ambition qu'il avait inspirée aux amis de sa jeunesse.
Toutefois, il ne cessa pas de cultiver la poésie avec
amour et avec gloire, aimé des rois [2], respecté de son
siècle, recevant à l'étranger les mêmes hommages
qu'en France, et digne de l'estime de la postérité par
les vertus dont il avait donné l'exemple, comme par
la grandeur de la tâche à laquelle il avait dévoué sa
vie.

Autour de Ronsard se serraient les poëtes qui
s'étaient associés à ses efforts. Il donna orgueilleuse-
ment le nom de Pléiade (constellation formée de
sept étoiles) au groupe principal où figuraient avec
lui Daurat, du Bellay, Amadis Jamyn, traducteur
d'Homère, Remy Belleau, traducteur d'Anacréon,
Étienne Jodelle, Jean de Baïf, et par la suite quelques autres. De ces noms divers celui de Joachim du
Bellay semblait destiné à occuper la première place [5],
si cet écrivain pur et délicat, dont les vers coulent
avec une sage douceur, ne s'était éteint à l'âge de
trente-cinq ans. Belleau et Baïf, plus faibles et moins
soutenus, se distinguèrent cependant par quelques
pièces élégantes. Jodelle, bien inférieur comme écri-

---

[1] Voir l'*Appendice*, nº 4.
[2] Voir *ibid.*, nº 5.
[5] Voir *ibid.*, nº 6.

vain, mais doué d'une facilité extrême qui lui permettait de tout entreprendre, devint le plus célèbre sans
avoir le plus de talent. Il dut ce privilége à ses essais
hardis dans le genre dramatique où la nouveauté
de ses créations en cacha la faiblesse. La renaissance
du théâtre était saluée avec enthousiasme par les lettrés, comme s'ils pressentaient la splendeur qui lui
était promise.

Parmi les ouvrages fameux dont l'antiquité offrait
le modèle à l'Europe savante, la tragédie avait attiré
d'assez bonne heure l'attention des Italiens, et depuis les premières années du XVIᵉ siècle, ils possédaient des poëmes de ce genre. On avait vu surtout
la *Sophonisbe* du Trissin représentée à Rome avec
le plus grand éclat. Cependant il n'y avait encore rien
de moderne dans le drame tragique, tel que le comprenait l'Italie : c'étaient un petit nombre de scènes
très-simples, coupées par les chants d'un chœur. On
ne voyait pas que ce chœur, emprunté à l'appareil
des fêtes du paganisme et propre tout au plus à célébrer les événements religieux, cessait d'avoir un but
possible hors des sujets sacrés qu'avait reproduits le
théâtre antique. On n'essayait pas de ramener l'action dramatique à un sens moral et de lui donner
pour ressorts les sentiments intimes de l'homme, au
lieu de quelque arrêt obscur de la fatalité. En un
mot, on n'avait encore rien aperçu des changements
que devaient apporter au génie d'un nouveau théâtre
les idées d'une société nouvelle. C'était en aveugles
que les poëtes se traînaient sur les traces des anciens,
sans avoir la force de les suivre dans leurs élans sublimes.

Un esprit sérieux et appliqué comme celui de
Ronsard eût sans doute entrevu que la rénovation
du drame demandait d'autres conditions, et peut-
être se fût-il effrayé de l'entreprendre; mais avec la
présomption de la jeunesse, Jodelle se jeta tête
baissée dans une œuvre au-dessus de ses forces et
non de son audace.[1] Avant même de savoir bien ce
que c'était que la tragédie, il en fit une que les lettrés jouèrent et que la cour applaudit, mais dont
l'époque seule peut expliquer le succès. En effet, sa
pièce de *Cléopâtre captive* n'est qu'une suite d'entre-
tiens où le dialogue s'anime à peine quand la reine dé-
chue se croit outragée devant Auguste par un de ses
sujets. Sa colère éclate alors avec une violence ignoble et ses mains royales prennent du traître une vengeance qu'on permettrait tout au plus à quelque mégère
de comédie :

> Ô faux meurtrier ! ô faux traistre ! Arraché
> Sera le poil de ta teste cruelle :
> Que plust aux dieux que le fust ta cervelle!
> Tien, traistre! Tien!...

SELEUQUE.

> Retien-la.
> Puissant César ! Retien-la doncq !

[1] Vauquelin de la Fresnaye dit que la Pléiade avait d'abord
choisi Baïf pour traiter le sujet de Cléopâtre, mais que Jodelle
le lui enleva. Ce dernier n'avait pas encore vingt ans et il avait
déjà fait imprimer un recueil de poésies lyriques. On lui reconnaissait une facilité incroyable et d'heureuses inspirations ; mais
il manquait de science, ne travaillait ni ses plans ni son style, et
n'avait aucune des qualités de l'école au milieu de laquelle le
hasard l'avait jeté.

16.

Toute la pièce avait été écrite en « dix matinées » si nous en croyons un éditeur, et les chœurs seuls paraissent versifiés avec soin. A ce dernier trait, qui lui est commun avec ses successeurs, on reconnaît combien était fausse l'idée que les poëtes de ce temps se faisaient du drame ; ils considéraient ces morceaux lyriques comme la partie essentielle de l'œuvre, et la tragédie elle-même n'en était que l'accessoire [1].

Un second ouvrage de Jodelle, *Didon se sacrifiant,* offrait en général un style moins négligé. Parmi les reproches que la reine de Carthage y adressait à Énée, on a cité les vers suivants qui ont leur noblesse :

> Quand même ton dessein ce jour je n'eusse vu
> Ni entendu des miens, le ciel ne l'eût pas tû ;
> Ma terre en eût tremblé, et jusques à Carthage
> La mer le fût venu sonner à mon rivage.

Mais si le langage qu'il prête à Didon n'est pas aussi déplacé que celui de Cléopâtre, l'action de la pièce est tout aussi nulle, et il ne paraît pas que son succès ait répondu entièrement à l'espoir ambitieux du poëte : car celui-ci renonça dès lors au cothurne tragique.

Il serait inutile de citer quatre ou cinq autres pièces composées vers le même temps par des auteurs aussi médiocres et plus froids, qui suivaient d'ail-

---

[1] Dans une traduction de la *Sophonisbe* du Trissin, faite par Mellin de Saint-Gelais pour être représentée à la cour, les chœurs seuls sont versifiés, pour se prêter au chant : le reste de l'ouvrage n'est rendu qu'en prose.

leurs exactement le même système dramatique [1].
Mais en 1560, un poëte de vingt-deux ans, Jacques
Grevin, écrivit, avec une vigueur encore inconnue
à ses devanciers, une tragédie intitulée *Jules César*,
à laquelle Voltaire semble avoir emprunté quelques
traits [2]. Cependant, c'est par le style seul que son
ouvrage est supérieur à ceux de Jodelle, dont il
reproduit la marche et les défauts : et comme l'auteur
s'en tint à ce seul essai, l'art demeura stationnaire jusqu'à Robert Garnier, qui lui fit faire quelques pas de
plus.

Garnier, plus jeune que Jodelle de deux années
seulement, ne débuta dans la même carrière que longtemps après lui : mais il était le seul qui s'y fût encore
présenté dans l'âge où le talent, mûri par la raison,
atteint toute sa force. Sa *Porcie*, jouée en 1568, fut
proclamée aussitôt le chef-d'œuvre du nouveau théâtre. L'action y manquait encore : mais de nobles sentiments, exprimés dans un style ferme, excitaient
l'admiration des spectateurs. Six autres tragédies, la

---

[1] Dans l'intervalle entre Jodelle et Grevin doit aussi se placer
Théodore de Bèze, le ministre calviniste, qui essaya de créer la
tragédie sacrée, et dont l'*Abraham sacrifiant* (1552) offre d'assez
grandes beautés.

[2] Un passage de cette tragédie a été souvent cité avec éloge :
c'est le monologue de Brutus prêt à frapper César :

Et lorsqu'on parlera de César et de Rome,
Qu'on se souvienne aussi qu'il a été un homme,
Un Brute, le vengeur de toute cruauté,
Qui aura d'un seul coup gagné la liberté !
Quand on dira : César fut maître de l'empire,
Qu'on die quand et quand (*en même temps*) : Brute le sut occire
Quand on dira : César fut premier empereur,
Qu'on die quand et quand : Brute en fut le vengeur !

plupart imitées de Sénèque, placèrent au-dessus de toute rivalité le docte poëte qui, non content de s'élever à la hauteur du théâtre latin, empruntait aussi aux Grecs une foule de beaux passages et de pensées brillantes : car des études profondes, un travail sévère, donnaient à ses drames cette empreinte classique, si estimée par les disciples de Ronsard. Sans appartenir à la Pléiade, il en avait adopté l'esprit sérieux et savant, et on peut dire qu'il la représentait bien mieux que Jodelle, bourdon oisif et bruyant au sein de cette ruche laborieuse. Le triomphe de Garnier fut donc celui de la nouvelle école qu'il honorerait peut-être encore aux yeux de la postérité, si la critique moderne jugeait ses ouvrages au point de vue qu'adoptait alors la science. En effet, la renaissance littéraire n'avait encore d'autre ambition que celle de faire revivre l'art antique. Le poëte atteignait, en suivant pas à pas les anciens, le but que s'étaient proposé les réformateurs les plus hardis, et quoiqu'il eût trouvé dans Sénèque un assez méchant modèle, on aurait mauvaise grâce à exiger qu'un écrivain du xvi⁰ siècle fût allé plus loin.

Ce n'est guère qu'à une époque assez récente qu'on a remarqué combien la tragédie romaine, telle que nous la connaissons, est éloignée du drame grec qu'elle affecte de copier. Moins destinée à la représentation qu'à la lecture, elle remplace autant que possible l'effet théâtral par la bouffissure du langage, et le mouvement par la déclamation. Rien ne fut plus malheureux pour les poëtes tragiques modernes que d'avoir sous les yeux l'exemple de ces pièces latines, conçues dans un esprit faux, tandis qu'Athènes avait laissé des mo-

dèles si parfaits. Corneille lui-même devait s'en res-
sentir, et Garnier, qui venait soixante ans avant lui,
n'eut garde d'éviter le piége. La tragédie lui parut en
quelque sorte une œuvre toute déclamatoire où de
beaux discours servaient à déployer une situation
donnée jusqu'au moment d'une catastrophe inévitable.
De là l'oubli où ses pièces tombèrent à leur tour, malgré les seize ou les dix-huit éditions que la faveur publique leur avait d'abord assurées. Mais si vous fermez
les yeux sur ce défaut alors excusable, vous reconnaî-
trez dans chacune de ses compositions des figures
vraiment tragiques, soit qu'il ne fasse que les reproduire, soit qu'il ose les créer lui-même, comme dans
Sédécias, son dernier et son plus bel ouvrage. Son
Hippolyte, dont le sujet, emprunté à Euripide, est le
même que celui de *Phèdre*, offre des traits que Racine
a trouvés dignes d'être imités. Quelques vers de sa
Troade ont reçu le même honneur dans *Andromaque*[1].
Il est vrai que son style ne se soutient pas toujours;
mais sans parler des chœurs dont l'élégance est remarquable, sa pensée rachète par des mouvements
d'une grande élévation le manque de grâce ou d'éclat
qui dépare quelquefois son langage. Aussi, l'admiration de ses contemporains pour son génie fut-elle
portée jusqu'à l'enthousiasme. Daurat, encore debout
à la tête de ses anciens élèves, s'écria en latin, et Robert
Étienne, autre savant helléniste, répéta en français :

> La Grèce eut trois auteurs de la Muse tragique,
> France plus que ces trois estime un seul Granier !

[1] C'est ce qu'a montré Suard dans son *Histoire du théâtre français* (*Mélanges de littérature*, t. IV), en blâmant l'injustice de
la Harpe envers Garnier.

Un autre titre de gloire, qui appartient à ce poëte, c'est d'avoir entrevu que la forme de la tragédie latine, qu'il suivait encore assez fidèlement, pourrait, au moins dans les sujets modernes, subir de grandes modifications. En 1582, il donna une pièce tirée de l'Arioste et nommée *Bradamante*, qu'il désigna sous le titre nouveau de tragi-comédie. Non content d'y supprimer la catastrophe qui termine le drame ancien, il renonça encore à l'emploi du chœur dont les chants coupaient l'action. C'était préluder à une révolution complète dans le système théâtral, puisque les morceaux lyriques avaient paru jusqu'alors la partie essentielle de l'œuvre. Toutefois, cette révolution ne devait s'accomplir que dans la période suivante, quand l'école de Ronsard, après avoir achevé sa tâche, ferait place à une génération moins respectueuse envers l'antiquité et déjà disposée à essayer librement ses propres forces.

Mais, si l'imitation scrupuleuse des anciens demeura le caractère distinctif des ouvrages tragiques du XVIe siècle, il n'en fut pas tout à fait de même dans la comédie. Là en effet, le vieux cadre des auteurs grecs et latins ne pouvait plus être adapté aux mœurs modernes : car presque toutes leurs pièces mettent en scène des personnages propres à la société hellénique et dont nous ne retrouvons plus l'image autour de nous. Leurs sujets même roulent d'ordinaire sur quelque achat de jeune fille esclave, laquelle se trouve ensuite de condition libre, et peut épouser l'acheteur quand elle a été reconnue pour son égale. Il était impossible de reproduire ce genre d'aventures sur la scène moderne, après les changements que les institutions et les mœurs sociales avaient éprouvés depuis onze ou douze siècles. D'un autre côté, les farces, les soties et les moralités avaient accoutumé les esprits à des formes comiques nouvelles, en rapport avec l'état actuel des choses et de la société. Il est donc peu surprenant que les jeunes poëtes qui suivaient pas à pas Euripide et Sénèque fussent des copistes moins fidèles de Plaute et de Térence. La comédie exigeait évidemment des créations empreintes d'actualité.

On ne peut considérer que comme un essai encore indécis la traduction que Ronsard avait faite, dès 1549, du *Plutus* d'Aristophane, ouvrage allégorique qui rentrait en quelque sorte dans le genre des moralités. Aussi ne servit-il point de modèle aux productions suivantes. Jodelle, qui prit encore une fois l'initiative, fit jouer (en 1552) *Eugène ou la Rencontre*, pièce toute française, dont le principal personnage portait le titre d'abbé. Baïf, Belleau et surtout Grevin, montrèrent presque aussitôt la même hardiesse et eurent le même succès. Mais la « jeune comédie, » comme l'appelle Ronsard, au lieu de prendre pour patrons Térence et Ménandre, qui avaient peint avec autant de fidélité que de grâce le jeu des passions et les mouvements du cœur humain, semble suivre les traces moins pures d'Aristophane, railleur effréné dont les esquisses spirituelles mais cyniques n'offrent la vérité elle-même que sous les traits de la caricature. L'*Eugène* de Jodelle et la *Trésorière* de Grevin, ne sont que des parodies et non des tableaux de mœurs : les personnages ont des vices et n'ont pas de caractère : le ridicule naît de leur dégradation, au lieu de prendre sa source dans leurs travers d'esprit. Il est vrai que la comédie an-

tique peignait des mêmes couleurs certains rôles ignobles ; mais c'étaient ceux des esclaves qui, dépouillés
par la loi du titre d'hommes, semblaient aussi exemptés
de tout devoir moral. En prêtant à la classe moyenne
une impudeur et une improbité qui ont étonné les
critiques, les comiques du xvie siècle pouvaient bien
amuser un instant la cour et les gens de lettres, qui
affichaient alors un mépris égal pour la bourgeoisie,
mais ils sortaient de la vérité générale et mettaient le
caprice à la place de l'observation. Au reste, il ne
faut pas oublier qu'à peine âgés de vingt ans, ils
n'avaient fait qu'entrevoir cette société dont ils
croyaient saisir les mystères. Novices dans la vie,
étrangers au monde réel et sérieux, ils ne pouvaient
guère montrer que de la facilité d'esprit et quelque
naturel dans le style. Telles sont en effet les qualités
qui les distinguent. Le vers de huit syllabes, dont ils
font usage et qui ne convient qu'à un genre frivole,
atteste le peu de gravité qu'ils assignaient eux-mêmes
à leurs tableaux, dont le nombre fut minime, puisqu'on n'en découvre plus après 1560.

Il semble donc (quoique l'opinion contraire ait été
quelquefois soutenue) que les comédies tiennent le
dernier rang parmi les titres réels de l'école de Ronsard. Mais elle avait donné l'exemple et l'impulsion :
l'avenir devait faire le reste. Car ce fut la destinée de
cette école, un moment si brillante, d'ouvrir à la littérature presque toutes les grandes voies, mais de n'y
essayer que les premiers pas.

Autour d'elle rien ne s'élevait assez haut pour lui
faire ombrage, au moins dans les premiers temps de
sa gloire. Si quelques provinces reculées possédaient

encore des poëtes qui s'exerçaient à versifier dans
« leur ramage naturel » sans marcher sur les pas du
maître, l'attention publique ne descendait point jusqu'à ces rimeurs obscurs. C'est ainsi qu'un poëme médiocre sur Judith, composé par Guillaume de Saluste,
seigneur du Bartas, et publié avec quelques autres
pièces sous le titre de *Muse chrétienne*, n'avait eu de
retentissement que dans le pays de Gascogne. Mais un
second ouvrage du même auteur eut un succès bien
différent. C'était encore un poëme écrit sur le ton de
l'épopée et nommé *la Semaine de la Création*. Du Bartas, protestant zélé, et l'un de ceux qui combattirent
pour Henri IV, avait puisé dans la Bible des images
hardies et grandioses qui relevaient son style. Son
sujet, tout en repoussant la fiction, admettait une extrême variété de peintures et plus de mouvement que
n'en comportent d'ordinaire les ouvrages descriptifs.
Le poëte lui-même ne manquait ni d'enthousiasme ni
de vigueur [1]; mais il était loin de savoir écrire avec
élégance ou même avec pureté. Ses tournures pe-
santes, ses expressions ampoulées, son langage bizarre, qui offrait quelque chose d'antique et de rauque,
faisaient contraste avec les délicatesses de la poésie
de Ronsard. Cependant les lettrés seuls remarquèrent
ce défaut; la foule des lecteurs s'éprit de la *Semaine*,
qui eut vingt éditions en vingt ans, et dont l'auteur
se trouva placé tout d'un coup parmi les célébrités
contemporaines, tant le goût public était encore éloi-
gné du raffinement dont se piquaient les beaux esprits.

[1] Voir l'*Appendice*, n° 7.

1.   17

Dans une dernière composition, qu'il appelait *la Seconde Semaine*, et qu'il laissa inachevée, du Bartas
voulut renchérir sur les innovations savantes que Ronsard avait essayé d'introduire dans la langue poétique.
Que ce fût jalousie ou déraison, il arriva aux combinaisons les plus ridicules, comme le redoublement de
la première syllabe des mots à l'imitation des Grecs [1].
Il travailla davantage son style sans le rendre meilleur. Un goût faux lui faisait adopter sans scrupule les
expressions les plus disgracieuses, et bien qu'on ne
puisse lui refuser une certaine grandeur de conception, ses idées manquent souvent de justesse. Aussi la
génération suivante l'oublia-t-elle avec la même rapidité que ses contemporains l'avaient placé au premier
rang. Mais peut-être, comme le remarque un critique
moderne, ses exagérations, justement dépréciées,
firent-elles juger plus sévèrement et condamner plus
vite ce même Ronsard qu'il cherchait à effacer.

[1] Pé-pétiller, ba-battre, flo-flottant. Les exemples de ce genre
qu'il trouvait en grec y sont très-rares.

APPENDICE.

N° 1. L'ALEXANDRIN DE RONSARD.

L'éclat et la magnificence que Ronsard voulait donner à la poésie lui firent adopter d'abord ce vers héroïque : s'il y toléra quelquefois des expressions malheureuses, peut-être ne lui tient-on pas assez compte de la grandeur et de la richesse des images qu'il y déploie souvent à profusion. Rien, dans la littérature des âges précédents, n'a le coloris vigoureux des hymnes où il essaie de « hausser l'alexandrin au rang des magnanimes vers d'Homère et de Virgile. » Nous prendrons pour exemple sa peinture de l'Éternité.

> Toi, la reine des ans, des siècles et de l'âge,
> Qui as eu pour ton lot tout le ciel en partage,
> La première des dieux...
> Par toy-même contente et par toy bien heureuse,
> Tu règnes immortelle, en tous biens plantureuse...

Et là, tenant au poing un grand sceptre aimantin [1],
Tu establis tes lois au sévère destin,
Qu'il n'ose outrepasser, et que luy-mesme engrave
Fermes au front du ciel, car il est ton esclave.
A ton dextre côté la jeunesse se tient,
Jeunesse au chef crespu [2], de qui la tresse [3] vient
Par flots jusqu'aux talons d'une enlassure en torse [4],
Enflant son estomach [5] de vigueur et de force.
Cette belle jeunesse au teint vermeil et franc.
D'une boucle d'azur ceinte dessus le flanc,
Dans un vase doré te donne de la dextre
A boire du nectar, afin de te faire estre
Toujours saine et disposte [6], et afin que ton front
Ne soit jamais ridé, comme les nostres sont.
Elle, de l'autre main, vigoureuse déesse,
Repousse l'estomach de la triste vieillesse
Et la bannit du ciel à coups d'épée, afin
Que le ciel ne vieillisse et qu'il ne prenne fin.

Nº 2. FRAGMENT DE L'ODE BACHIQUE DE RONSARD, INTITULÉE :
DITHYRAMBES A LA POMPE DU BOUC.

Mais qui sont ces enthyrsés
De cent feuilles de lierre,
Qui font rebondir la terre
De leurs pieds, et de la teste
A ce bouc font si grand'feste ?...

[1] De diamant.
[2] A la tête chevelue et frisée.
[3] Les longs cheveux.
[4] En s'entrelaçant.
[5] Sa poitrine. Le mot *estomach* était encore généralement pris dans ce sens.
[6] En vigueur.

Tout forcené à ce bruit je frémy :
    J'entrevois Baïf et Remy,
Colet, Janvier, et Vergesse et le comte
Paschal, Muret, et Ronsard qui monte
    Dessus le bouc, qui de son gré
    Marche, afin d'être sacré
    Aux pieds immortels de Jodelle ;
Bouc, le seul prix de sa gloire immortelle,
    Pour avoir d'une voix hardie
    Renouvelé la tragédie,
Et déterré son honneur le plus beau
Qui vermoulu gisoit sous le tombeau.
    Iach, ïach, évoé,
    Evoé, ïach, ïach !

Alme Denys (*Bacchus*) tu es vraiment à craindre,
  Qui peux contraindre tout, et nul te peut contraindre !

Viennent alors vingt-neuf épithètes adressées à
Bacchus, et dont plusieurs sont antiques (Archète,
Hyménien, Bassare, Eubolien, etc.), d'autres formées
par des alliances de mots (Cuisse-né, Nourri-vigne,
Aime-pampre). Mais ce n'est qu'un jeu d'esprit, destiné
à un jour de fête et de carnaval, et qui fait contraste
avec le style habituel du poëte, comme on le verra par
les extraits qui suivent.

N° 5. SA LANGUE ET SA POÉTIQUE.

Du Bellay, qui dans son illustration exprime déjà
nettement les vues de la nouvelle école, trouve que la
langue a fait un grand pas sous le règne de François Ier.
Elle est devenue élégante, de scabreuse et mal polie :

mais *elle n'est pas encore assez copieuse,* et il faudra
inventer, adopter et composer à l'imitation des Grecs
les termes qui lui manquent. Toutefois l'écrivain re-
commande aussi d'une manière expresse de recourir
« aux vieux romans et poëtes françois où tu trouveras
« *ajourner,* pour faire jour; *anuicter,* pour faire nuit;
« *assener,* pour frapper où l'on visoit; *isnel,* pour
« léger; et mille autres bons mots que nous avons
« perdus par notre négligence. » Ronsard va encore
plus loin dans son Art poétique. « Tu ne rejetteras
point, dit-il, les vieux mots de nos romans, ains les
choisiras avec mûre et prudente élection. Tu prati-
queras bien souvent les artisans de tous métiers,
comme de marine, vénerie, fauconnerie, orfévres,
fondeurs, minéralliers, et de là tu auras maintes belles
et vives comparaisons avec les noms propres. Et ne
faut se soucier si les vocables sont gascons, poitevins,
normans, manceaux, lionnois ou d'autres pays (*provinces*), pourvu qu'ils soient bons et que proprement
ils signifient ce que tu veux dire, sans affecter par
trop le parti de la cour, lequel est quelquefois très-
mauvais..... Tu ne dédaigneras les vieux mots françois, d'autant que je les estime toujours en vigueur,
quoi qu'on die, jusqu'à ce qu'ils aient fait renaître en
leur place, comme une vieille souche, un rejeton. » —
Il ajoute ailleurs : « *C'est un crime de lèze-majesté,
d'abandonner le langage de son pays vivant et florissant, pour vouloir déterrer je ne sçay quelle cendre des
anciens!* » Et joignant l'exemple au précepte, il dé-
terre, lui, tant de mots français dès lors tombés en
désuétude, qu'il en devient plus obscur pour nous que
Marot.

Il est vrai que, dans ses premiers ouvrages, nous le trouvons assez prodigue de ces néologismes savants, qu'on lui a tant reprochés : il y joint des inversions latines et des périphrases dans le goût antique, comme l'*arc d'ivoire des muses bien peignées,* pour dire l'archet ou la lyre. Cependant il ne tarda pas à devenir plus sobre de ces hardiesses que les âges suivants devaient lui reprocher. Il effaça de ses odes plusieurs traits de sa jeune audace, et défendit chaudement la cause « du vieux français original. » À la voix de son chef, l'école s'arrêta ; mais déjà elle était allée trop loin. Telle fut la cause du discrédit où elle tomba dans la suite, et dont elle n'a paru se relever que de nos jours : car l'époque de Boileau ne connaissait plus assez l'ancienne langue et l'ancienne littérature pour distinguer les progrès durables que Ronsard et ses amis avaient fait faire à la langue commune. On avait oublié leurs services pour ne se souvenir que de leurs erreurs.

Leurs théories poétiques répondaient à leur érudition. Admettant pour les différents genres d'ouvrages les règles d'Aristote et d'Horace, ils s'étaient soigneusement occupés de déterminer les caractères propres à la poésie moderne. Le vers alexandrin, qu'ils remirent d'abord en vigueur, devait être le plus « haussé et quasi séparé du langage commun, orné et enrichi de figures, schèmes, tropes, métaphores, phrases et périphrases éloignées du tout de la prose. » Tous les autres vers composés de mots « non vulgaires » et tels qu'ils élevassent l'esprit au-dessus des idées sans éclat et sans grandeur. Ils avaient aperçu le vice de la manière italienne qui entassait les épithètes l'une sur l'autre, et ils défendaient de les multiplier ou d'em-

ployer celles qui n'ajoutaient rien à l'idée. Loin d'esti-
mer l'enflure et l'exagération, ils voulaient que toute
poésie, bien que savamment réglée, fût naïve et naturelle, et « n'engendrât point de fantômes. » En un mot
ils s'étaient fait sur les diverses parties de l'art des
doctrines peut-être assez minutieuses, mais savantes
et raisonnées.

Nº 4. DERNIÈRES ODES DE RONSARD.

Quoique les odes de Ronsard ne portent pas toujours
de date, on reconnaît un changement graduel dans
son style à mesure que, retiré de la capitale et com-
mençant à vieillir, il nous entretient de la vie cham-
pêtre, de son beau pays de Vendômois, de son arbre
favori, de ses cheveux qui grisonnent — en un mot,
quand le calme de la pensée lui est venu avec la ma-
turité. Mais, en devenant plus simple et plus naïve,
sa poésie conserve je ne sais quelle chaleur qui manque à ses contemporains. La pièce suivante, la moins
ornée de toutes peut-être, paraît une des dernières.

> Dieu vous gard', messagers fidèles
> Du printemps, vites hirondelles,
> Huppes, coucous, rossignolets,
> Tourtres (*tourterelles*), et vous, oiseaux sauvages,
> Qui de cent sortes de ramages
> Animez les bois verdelets!
>
> Dieu vous gard', belles pâquerettes,
> Belles roses, belles fleurettes,
> Et vous boutons jadis connus (*rendus célèbres*)
> Du sang d'Ajax et de Narcisse :
> Et vous thym, anis et mélisse,
> Vous soyez les bien revenus!

Dieu vous gard', troupe diaprée
De papillons, qui par la prée
Les douces herbes suçotez ;
Et vous nouvel essaim d'abeilles
Qui les fleurs jaunes et vermeilles
De votre bouche baisotez.

Cent mille fois je resalue
Votre belle et douce venue :
O que j'aime cette saison
Et ce doux caquet des rivages,
Au prix des vents et des orages
Qui m'enfermaient en la maison !

Nº 5. VERS DE CHARLES IX ADRESSÉS A RONSARD.

Charles IX était non-seulement l'admirateur déclaré de ce poëte, mais le seul de ses contemporains qui paraisse avoir eu le même talent pour la versification. Ronsard n'a peut-être rien écrit d'aussi nerveux que le morceau suivant qui lui fut adressé par le roi.

Ton esprit est, Ronsard, plus gaillard que le mien ;
Mais mon corps est plus jeune et plus fort que le tien :
Par ainsi je conclus qu'en savoir tu me passe,
D'autant que mon printemps tes cheveux gris efface.
L'art de faire des vers, dût-on s'en indigner,
Doit être à plus haut prix que celui de régner.
Tous deux également nous portons la couronne :
Mais roi, je la reçus ; poëte, tu la donne.
Ton esprit, enflammé d'une céleste ardeur,
Éclate par soi-même ; et moi par ma grandeur ;
Si du côté des dieux je cherche l'avantage,
Ronsard est leur mignon, et je suis leur image.

Ta lyre, qui ravit par de si doux accords,
Te soumet les esprits dont je n'ai que le corps.
Elle t'en rend le maître, et te fait introduire
Où le plus fier tyran n'a jamais eu d'empire;
Elle amollit les cœurs, et soumet la beauté;
Je puis donner la mort, toi l'immortalité.

Nº 6. VILLANELLE DE DU BELLAY.

Du Bellay, plus timide que Ronsard, apporte plus
de réserve au choix des mots et se rapproche davantage du français de Malherbe. Ses sonnets renferment
une foule de beaux passages, rarement déparés par
des expressions communes. Mais son chef-d'œuvre paraît être la petite pièce suivante, qu'un vanneur est
supposé adresser aux vents.

A vous, troupe légère,
Qui d'aile passagère
Par le monde volez,
Et d'un sifflant murmure,
L'ombrageuse verdure
Doucement ébranlez,

J'offre ces violettes,
Ces lis et ces fleurettes
Et ces roses ici,
Ces vermeillettes roses,
Tout fraîchement écloses,
Et ces œillets aussi.

De votre douce haleine,
Éventez cette plaine;

        Éventez ce séjour;
        Cependant que j'ahanne
        A mon bled que je vanne
        A la chaleur du jour !

N° 7. COMMENCEMENT DE LA PREMIÈRE SEMAINE DE
                DU BARTAS.

Suivant une tradition que M. Sainte-Beuve a re-
cueillie, les premiers vers du poëme de du Bartas
frappèrent Ronsard d'admiration et de surprise. — Ils
ont en effet une sorte de grandeur.

    Toi qui guides le cours du ciel porte-flambeaux,
    Qui, vray Neptune, tiens le moite frein des eaux,
    Qui fais trembler la terre, et de qui la parole
    Serre et lasche la bride aux postillons d'Æole :
    Esleve à toy mon ame, espure mes esprits,
    Et d'un docte artifice enrichy mes escrits.
    O père, donne-moy que d'une voix faconde
    Je chante à nos neveux la naissance du monde ;
    O grand Dieu, donne-moy que i'estale en mes vers
    Les plus rares beautez de ce grand univers.
    Donne-moy qu'en son front ta puissance je lise,
    Et qu'enseignant autruy moi-mesme je m'instruise.
    De tous iours le clair feu n'environne les airs,
    Les airs d'éternité n'environnent les mers :
    La terre de tout temps n'est ceinte de Neptune :
    Tout ce tout fut basti, non des mains de fortune,
    Faisant entrechoquer par discordants accords
    Du resveur Democrit les invisibles corps :
    L'immuable décret de la bouche divine,
    Qui causera sa fin, causa son origine...

Or donc avant tout temps, matière, forme et lieu,
Dire tout en tout estoit, et tout estoit en Dieu,
Incompris, infini, immuable, impassible,
Tout esprit, tout lumière, immortel, invincible,
Pur, sage, iuste et bon, Dieu seul régnoit en paix,
Dieu de soy-mesme estoit et l'hoste et le palais.

FIN DU TOME PREMIER.

BIBLIOTHÈQUE

NATIONALE

PUBLIÉE

SOUS LE PATRONAGE

DU

GOUVERNEMENT.

SÉRIE LITTÉRAIRE.

1ᵉʳ volume.